Osama, Obama, Ó, a Mhama!

Ré Ó Laighléis

An Chéad Chló 2010, MÓINÍN
Loch Reasca, Baile Uí Bheacháin, Co. an Chláir, Éire.
Fón / Facs (065) 707 7256
Ríomhphost: moinin@eircom.net
Idirlíon: www.moinin.ie

Foras na Gaeilge

Tá MÓINÍN buíoch de
Fhoras na Gaeilge as tacaíocht
airgeadais a chur ar fáil.

Tá taifead catalóige i leith an leabhair seo ar fáil
i Leabharlann Náisiúnta na hÉireann agus i leabharlanna
éagsúla de Ollscoil na hÉireann.

Tá taifead catalóige CIP i leith an leabhair seo ar fáil
i Leabharlann na Breataine.

ISBN 978-0-9564926-2-3

Clúdach agus léaráidí le Ray McDonnell
Dearadh Téacs, Clúdaigh agus Léaráidí le Link Associates

Arna phriontáil agus cheangal ag
Clódóirí Lurgan, Indreabhán, Co. na Gaillimhe

Do mo dhlúthchara Seán Ó Broin

- Gael go smior agus oideolaí den chéad scoth -

ar mó a thabhartas do chur chun cinn na litríochta Gaeilge

ná mar a thuigeann sé féin

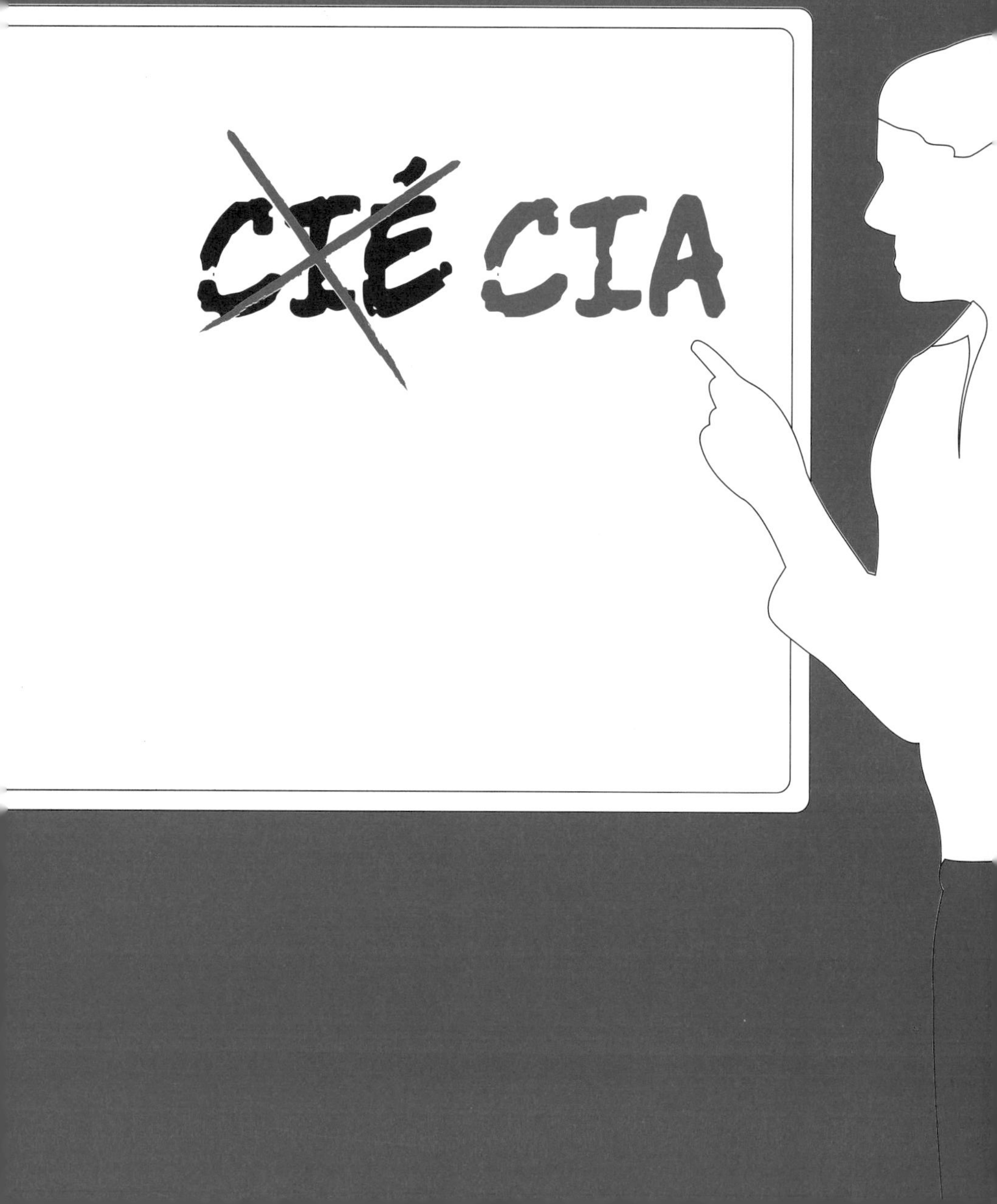
CIÉ CIA

Oíche Aoine. Ní féidir le Naoise codladh a dhéanamh. Tá a bhreithlá ann amárach agus tá míle smaoineamh ina cheann aige. É deich mbliana d'aois anois roimh dul a chodladh dó. Ach, nuair a dhúiseoidh sé maidin amárach, *hey presto*, beidh sé aon bhliain déag d'aois. A leithéid de dhraíocht! Déanann sé iontas de sin i gcónaí. Déanann sé iontas de, ach tá sé sásta glacadh leis, mar sin féin. Sásta glacadh leis mar go bhfuil rudaí iontacha roimhe amárach. Tá, agus rudaí iontacha roimhe ar feadh na bliana atá le teacht, b'fhéidir. Sea, rudaí nach bhfuil dada ar eolas aige fúthu agus é ina luí sa leaba.

Tá a sheomra leapa dubh dubh dorcha. Ach is cuma leis sin. Is cuma leis é mar go bhfuil a intinn lán de smaointe. "Aon bhliain déag d'aois," ar sé go híseal, agus tosaíonn sé ag canadh faoina anáil. "Lá Breithe Sona dom, Lá Breithe Sona dom, Lá Breithe Sona, a Naoi—"

"A Naoise, 'Naoise, a stóirín, an bhfuil tú i do chodladh fós?" a chloiseann sé a Mhamaí á ghlaoch lasmuigh dá sheomra. Déanann sé smaoineamh an-tapa. Má deireann sé 'tá', beidh a fhios aici nach

[8] bhfuil. Má deireann sé 'níl', beidh a fhios aici nach bhfuil. Hmm, nach aisteach sin, a shíleann sé dó féin! 'Níl' agus tá a fhios aici, 'tá' agus tá a fhios aici chomh maith céanna. Céard faoi 'b'fhéidir'? a shíleann sé. 'Ní hea', ar sé leis féin, 'is é an rud céanna arís é: beidh a fhios ag Mamaí'. Ach ... má deireann sé dada, ní bheidh a fhios ag Mamaí dada ... nó an mbeidh? Ar aon chaoi, deireann sé dada (nó an é nach ndeireann sé dada? – Och!) agus bailíonn Mamaí léi. Agus casann intinn Naoise ar an smaoineamh athuair.

Ar na bronntanais a gheobhaidh sé maidin amárach atá a smaoineamh anois. Beidh go leor díobh ann, is dóigh leis. Ach is é an ceann mór atá roimhe ná a fhón póca féin. Fón póca dá chuid féin! Tá sé bliain iomlán ag fanacht air. Nuair a shroich sé deich mbliana d'aois, dúirt Mamaí agus Daidí leis go raibh sé ró-óg fón póca dá chuid féin a bheith aige. Ró-óg!

"Caithfidh tú fanacht go mbíonn tú aon bhliain déag d'aois," a dúirt siad ag an am. As béal a chéile a dúirt siad é, amhail is go raibh siad traenáilte é a rá mar sin. Amhail is go raibh siad á

chleachtadh. Amhail is go raibh rud éigin draíochta [9]
ag baint le bheith aon bhliain déag d'aois. N'fheadar!

Bhuel, tá an fanacht beagnach thart anois
agus tá pleananna ina intinn ag Naoise maidir leis
an bhfón póca nua. Glaoch amháin in aghaidh an
lae atá ceadaithe dó ag Mamaí agus Daidí. Agus
dhá théacs in aghaidh an lae chomh maith. Sin é
an príomh-choinníoll ar a bhfuil a thuismitheoirí
á cheannach dó. Tá coinníoll beag nó dhó eile ann
chomh maith ach is le húsáid an fhóin a bhaineann
an príomh-choinníoll. Dar leo, tá i bhfad an iomarca
úsáid á baint as fóin phóca. Ba mhaith leis féin i
bhfad níos mó glaochanna agus téacsanna a chur, ar
ndóigh, ach glacann sé leis an gcoinníoll. Tá meas
aige ar thuairim a Dhaid agus a Mham ina thaobh.

Ach tá a fhios aige cheana féin céard é an
chéad ghlaoch a dhéanfaidh sé agus céard é an
chéad téacs a chuirfidh sé. Glaofaidh sé ar a Dhaideo
a luaithe agus a fhaigheann sé an fón. Tá Naoise
agus Daideo an-mhór le chéile ar fad. Go deimhin,
Naoise is ainm baiste do Dhaideo chomh maith,
rud a chruthaíonn ceangal breise idir an bheirt acu.
'Daidseo' a thugann Naoise ar Dhaideo, i ndáiríre.

[10] Nuair a bhí sé níos óige ní raibh sé in ann é a rá gan an 's' sin a chur isteach ann. Agus sin é a dhéanann sé ó shin. Agus, ó bhuail stróc croí Daidseo thart ar shé mhí ó shin, tá siad i bhfad níos ceanúla ar a chéile fós.

Agus an chéad téacs – bhuel, caithfidh sé sin a chur chuig a chara Virgil Duxbury, a bhfuil cónaí air sna Stáit Aontaithe anois. Is Meiriceánach é Virgil, ach bhí cónaí air in Éirinn ar feadh trí nó ceathair de bhlianta. Bhí Daid Virgil ag obair in Ambasáid na Stát Aontaithe i mBaile Átha Cliath ar feadh tamaill. Ach bhí orthu filleadh ar Mheiriceá tar éis tamall de bhlianta in Éirinn dóibh. Is ball den CIA é athair Virgil, ach ní maith le Virgil an iomarca a rá faoi sin. Chun an fhírinne a rá, níl mórán ar eolas ag Virgil faoi jab a Dhaid, ar aon chaoi, seachas gur obair rúnda é. Dar le Virgil, ní labhraíonn a Dhaid lena Mham faoina chuid oibre, fiú. Agus níl aon chead acu uimhir an teileafóin tí a thabhairt amach do dhuine ar bith.

"Brón orm, a Naoise, duine ar bith," a dúirt Virgil leis i litir a scríobh sé chuige tamall ó shin. "Fiú Dia," a dúirt sé.

Ar ndóigh, shíl Naoise dó féin ag an am nár ghá é a insint do Dhia mar go bhfuil a fhios ag Dia gach rud cheana féin. Bhuel, sin a deirtear faoi, ar aon chaoi. Meas tú, arsa Naoise ina intinn féin anois, an bhfuil a fhios ag Dia gur phóg mise Maria Rodriguez ar an mbealach abhaile ón scoil lá? Ar an mbéal! Faoi dhó!

Déanann Naoise gáire os ard sa leaba anois. Tá sé ag smaoineamh ar an lá a chas sé ar Virgil den chéad uair. Bhí siad i rang na naíonán sinsear sa ghaelscoil. Hmm, bhí Maria sa rang sin freisin. Bhí Bean Uí Mhurchú ag ceistiú na bpáistí faoi phostanna a dtuismitheoirí. Bhí Maria díreach tar éis insint di gur oibrigh a Mam in oifig agus gur garraíodóir é a Daid.

"Agus céard fútsa, a Virgil?" arsa Bean Uí Mhurchú. "Céard a dhéanann do Mhamaí agus do Dhaidí?"

"Bhuel," arsa Virgil, "is bean ghnó í mo Mham agus oibríonn mo Dhaid don CIA."

"Do CIÉ, go deimhin!" arsa Bean Uí Mhurchú. "Córas Iompair Éireann?"

Shíl Naoise láithreach go raibh sin iontach ag

[12] an am, mar gur le CIÉ a bhí a Dhaid féin ag obair. Agus is ea fós.

"Cé acu lena n-oibríonn sé? Bus Éireann nó Iarnród Éireann?" arsa an múinteoir.

"Ní hea, a Bhean Uí Mhurchú," arsa Virgil, "ní thuigeann tú i gceart mé. Ní CIÉ, le 'e fada', ach CIA le 'A mór'. An CIA – *Central Intelligence Agency*, tá 's agat."

"Ó!" arsa Bean Uí Mhurchú, agus bhí sórt cuma uirthi gur bhain an nuacht sin geit aisti. "Ó, gabh mo leithscéal," ar sí, agus sceitimíní de chineál uirthi fós. Ní raibh a fhios aici céard ba cheart a rá leis sin. D'éirigh sí rud beag bán san éadan, ansin dearg, ansin ruachorcra, agus ansin rud beag bán arís. "Sea, bhuel, ehhh – éinne eile?" ar sí, agus í ag iarraidh éalú ón gcruachás ina raibh sí an lá sin.

Gáire os ard arís ag Naoise sa leaba anois agus é ag cuimhniú air sin uile. CIA, le 'A mór', agus CIÉ le 'e fada mór'! Sea, thuigfeá do Bhean Uí Mhurchú bhocht, maith go leor. Ach tá sí ceart go leor ó shin agus níl aon fhadhb aici a thuilleadh le dath a héadain, is cosúil. Ar aon chaoi, cé nach bhfuil sé i rang Bhean Uí Mhurchú a thuilleadh, tugann Naoise

faoi deara sa chlós scoile le déanaí go bhfuil smidiú á [13]
chaitheamh aici ar feadh an ama. Hmm! Is aisteach
sin! Hmm, smidiú! Smidiú chun nach bhfeicfear
deirge a haghaidhe, b'fhéidir! Cá bhfios! B'fhéidir
go bhfuil go leor páistí ina rang anois aici a bhfuil a
n-aithreacha nó a máithreacha ag obair sa CIA! Cá
bhfios, go deimhin!

Ach, ar chaoi ar bith, Virgil! Sea, is chuige
a rachaidh an chéad téacs. Tosaíonn Naoise ag
smaoineamh ar an aistear a dhéanfaidh an téacs
sin. Suas, suas sa spás chun na saitilíte leis, ansin
aistear 3,102.185 míle trasna an Atlantaigh. *Ooops!*
Seachain an t-eitleán sin! Agus anuas leis arís sa
seomra suí nó seomra codlata (nó sa leithreas,
b'fhéidir – cá bhfios!) i *52 Lincoln Drive, Washington
D.C.* Míorúilt, ambaist! Bíp-bíp, agus, i bhfaiteadh
na súl, bheadh sé istigh i bhfón póca Virgil.

Agus céard é a chuirfidh Naoise sa chéad
téacs sin? Tosaíonn sé ag smaoineamh air sin. Ní
theastaíonn uaidh a bheith tor leadránach. Sea,
rud ar bith ach a bheith tor leadránach. Ní hea –
caithfidh sé a bheith cliste-greannmhar-bíogúil. Sea,
céard eile ach sin! Nó an gcuirfidh sé rud atá cineál

[14] rúnda, deacair le déanamh amach agus gan a rá cé
a chuir an téacs? Sea! Gan aon ainm a chur leis! Sin
é. Sea, sin é is fearr. Agus beidh Virgil ar a dhícheall
déanamh amach cé uaidh a bhfuil an teachtaireacht
tagtha ar chor ar bith, 'chor ar bith. Seaaaaaa!
Nó an mbeadh sin uile mífhéaráilte ar a chara?
Soicind nó dhó eile machnaimh aige agus buaileann
smaoineamh maith é maidir le hainm a chur leis.

Caitheann Naoise tamall maith eile ag
smaoineamh ar phlean an lae amáraigh ach, de
réir a chéile, tagann an tuirse ina shean-chleasaí
aniar aduaidh air agus titeann sé ina chodladh
go suaimhneach suan. Níl a fhios aige dada faoi
Mhamaí a theacht isteach sa seomra agus póigín a
leagan ar a chláréadain agus an chuilt a tharraingt
aníos ar na guaillí air ... Zzzzzzzzzzzzzzzzzz ...

2 ABC

Zzzzzzzzzzz...

ZZZZ Fiú agus Naoise ina chodladh níl stop ar na smaointe atá ag rith trína intinn. Ach is é an fón póca atá chun tosaigh ar gach smaoineamh eile díobh. Tá sé chomh domhain sin ina bhrionglóid nach bhfuil a fhios aige céard is fírinne ann agus céard nach ea. Ina bhrionglóid dó, tá sé ina sheasamh os comhair chúpla míle duine i halla mór i Nua Eabhrac. Is é Taoiseach na hÉireann é agus tá sé ag tabhairt cainte ag comhthionól de chuid na Náisiún Aontaithe. Tá uaisle an domhain mhóir bailithe isteach chun éisteacht leis. Tá idir phríomhairí agus uachtaráin agus aíonna speisialta den uile shórt ina suí os a chomhair amach.

"A mhuintir Nua Eabhrac," ar sé, agus stopann sé soicind nó dhó chun breathnú ar an lucht éisteachta. "A mhuintir Mheiriceá, a mhuintir an domhain uile," ar sé, agus leanann sé air.

Agus é ag cur dó, tá Barack Obama ina shuí ar dheis air agus Osama Bin Ladin taobh leis sin. Ar chlé ar Naoise tá an Dalai Lama agus taobh leis sin arís tá an Pápa. Tá Naoise díreach ar tí príomhphointe na cainte a dhéanamh nuair a bhuaileann an fón póca.

"Gabhaigí mo leithscéal, a dhaoine uaisle," ar sé, agus ardaíonn sé an fón lena chluas. "Go mbeannaí Dia duit, Naoise Ó Broin, Taoiseach na hÉireann anseo …"

"Lá Breithe Sona duit, Lá Breithe Sona duit, Lá Breithe Sona 'Naoise, Lá Breithe Sona duit."

Agus, leis sin, cloiseann sé bualadh bos mór. Ach níl aon duine den tslua atá os a chomhair ag comhthionól na Náisiún Aontaithe ag bualadh bos. Feiceann sé Obama agus tá na lámha ar bharr an bhoird aige agus miongháire ar a bhéal – *Have a nice day!* Feiceann sé Osama agus eisean ag breathnú ar Obama – *Have another nice day!* Feiceann sé an Dalai Lama agus an Pápa, a lámha go sollúnta le chéile acu agus iad ag paidreoireacht agus ag umhlú dá chéile – *really having a very nice day!* Tá rud éigin – glór beag éigin – ar chúl a intinne á rá le Naoise nach fírinne é seo ar chor ar bith. Leis sin, airíonn sé a ghualainn á croitheadh rud beag agus is airde fós é an bualadh bos. Tosaíonn sé ar a shúile a oscailt go mall agus airíonn sé smuga an chodlata ag briseadh orthu. Ar feadh soicind nó dhó, ceapann

[20]

sé go bhfeiceann sé aghaidheanna Barack Obama
agus Osama Bin Ladin ag breathnú anuas air sa
leaba. Súile móra leathana agus fiacla móra bána a
fheiceann sé thar rud ar bith eile. Meangadh mór
leathan orthu beirt. Ach ansin, osclaíonn sé a shúile
féin go hiomlán agus is léir dó gurb iad Mamaí agus
Daidí agus a dheirfiúr bheag Síne atá cois na leapa.

"Lá Breithe Sona duit, a stóirín," arsa Mamaí,
agus cromann sí ar aghaidh agus beireann barróg
mhór air.

"Lá mór maith agat, a mhaicín," arsa Daidí.

Agus tagann Síne ar aghaidh chuige agus
buaileann sí smeach mór de phóg ar an leiceann air.

Suíonn Naoise suas caol díreach sa leaba anois
agus níl aon rian de Osama, Obama, Dalai Lama
ná Pápa ina intinn ag an bpointe seo. 'Bronntanais'
is ea an t-aon samhailt atá anois aige. Agus sin
thíos uaidh iad ag bun na leapa, na bronntanais.
Bronntanais thar cuimse! Beartanna i bpáipéar buí
agus dearg agus gorm agus eile. Ach is é an fón
póca is túisce a thagann chun cuimhne Naoise,
agus tagann splanc sa tsúil air. Aithníonn Daid sin
air láithreach agus síneann sé chuige beart a bhfuil

páipéar gleoite ornáideach ildaite air.

"Sin é atá uait, is dócha, an ea? An fón póca?" arsa Daid.

"Seaaaaaaaaaaaaa!" arsa Naoise go gliondrach ríméadach, agus tógann sé óna Dhaid é, gan smaoineamh gan staonadh, agus tosaíonn sé ar an mbeart a oscailt.

"Seaaaaaaaaaaaaaa, go deimhin," arsa Daid, "agus tá gach rud in ord agus in eagar leis. Tá uimhir bhaile Dhaidseo istigh ann cheana féin. Tá uimhir fhóin phóca Virgil istigh ann. Agus tá uimhir Mhamaí agus m'uimhir fhéin istigh ann."

"Agus, a Dhaidí, céard faoi m'uimhirse?" arsa Síne, agus í ag éisteacht leis an gcaint seo ar fad.

"Gabh i leith anseo, a Shíne, a stóirín," arsa Mamaí léi, agus beireann sí ar an bpáiste agus ardaíonn ina baclainn í. "Níl tusa ceithre bliana d'aois fós, fiú, agus féach go raibh ar Naoise fanacht go dtí go raibh sé aon bhliain déag d'aois sula bhfuair sé fón póca. Nuair a bheidh tusa aon bhliain déag d'aois, beidh d'fhón póca féin agus d'uimhir fhéin agat. Anois, céard déarfá leis sin?" Agus tagann gáire mór leathan ar bhéal Shíne ar a chloisteáil sin di.

"Agus éist seo, a Naoise," arsa Daid, agus é ag teacht isteach go sciobtha ar shála chaint Mhamaí. Tógann sé an fón ar ais ó Naoise soicind. "Seo é mar a bhuaileann an fón nuair a fhaigheann tú glaoch," ar sé.

Brúnn Daid cnaipe ar fhón nua Naoise agus tagann glór: '*Yes, we can. Yes, we can. Yes, we can.*' Aithníonn Naoise an glór sin láithreach. "Barack Obama!" ar sé.

"Bingóóóóóó!" arsa Daid. "Barack Obama." Agus déanann siad go léir gáire.

"Ach," arsa Daid, "cuimhnigh anois ar an socrú atá déanta againn maidir le húsáid an fhóin."

"Sea, tá a fhios agam, a Dhaid, glaoch amháin in aghaidh an lae agus dhá théacs in aghaidh an lae."

"Agus?" arsa Daid, agus breathnaíonn sé go grámhar ar a mhaicín beag sa leaba.

"Agus … ó, sea, an *Top-up*!" agus é ag cuimhniú ar an dara cuid den socrú atá déanta eatarthu.

"Caithfidh mise dhá euro de m'airgead póca féin a chur i leataobh gach seachtain chun an bhileog chreidiúna *Top-up* a cheannach."

"Díreach é. Togha fir tú féin, a Naoise," arsa Daid.

"Glaoigh ar Dhaidseo anois, mar a gheall tú go ndéanfá, a stóirín," arsa Mam. "Ansin síos leat chun na cistine le go n-íosfaimid bricfeasta mór speisialta le chéile."

"Sea, bricfeasta an lae bhreithe i gceann chúig nóiméad, a Naoise," arsa Daid, agus fágann sé féin, Mam agus Síne an seomra.

A luaithe agus atá siad imithe, aimsíonn Naoise uimhir Dhaidseo sa bhfón agus brúnn an cnaipe chun glaoch air. Níl a fhios aige go bhfuil gach eolas ag Daidseo cheana féin faoi Naoise a bheith ag fáil an fhóin phóca dá bhreithlá.

"Go mbeannaí Dia duit," arsa Daidseo.

"Daidseooooooooooooo!" arsa Naoise, agus fad á chur leis an ainm aige, rud a dhéanann sé go minic nuair a labhraíonn sé lena sheanathair.

"Naoissssssssse, a bhuachaill! Lá breithe sona duit, agus cén chaoi a bhfuil tú? Agus conas tá an fón nua?"

"Tá sé ionnnnnnnnnnnnnnnnntach, a

[24] Dhaidseo, agus seo é an chéad ghlaoch riamh a dhéanfar air."

"Bhuel, bhuel, nach mór ar fad an onóir é sin domsa!" arsa Daidseo.

"Sea, aon ghlaoch amháin in aghaidh an lae atá ceadaithe dom."

"Sin é a chuala mé. Agus dhá théacs in aghaidh an lae, a chloisim, chomh maith."

"Sea, an chéad cheann díobh sin le cur chuig mo chara Virgil i Meiriceá."

"Go maith ar fad," arsa Daidseo, "is cuimhin liom Virgil. Buachaill breá múinte, más buan mo chuimhne. Bhuel, féach, ar aghaidh leatsa agus cuir an téacs chuig Virgil. Feicfidh mise ar ball tú mar go gcaithfidh mé teacht chugat le do chárta. Agus cá bhfios nach mbeidh dearbhán beag *Top-up* istigh leis an gcárta sin le haghaidh an fhóin nua. Gach seans go mbeidh sin de dhíth ort má bhíonn tú ag cur téacsanna go Meiriceá ó am go chéile."

"Ó, *cooooool*, a Dhaidseo! Feicfidh mé ar ball thú, más ea."

"Ar ball," arsa Daidseo, agus tá sé imithe.

Anois tá intinn Naoise ag casadh ar Virgil

agus ar an téacs a chuirfidh sé chuige. Sea, rud éigin [25] difriúil, a shíleann sé. Rud éigin cliste, greannmhar, bíogúil, díreach mar a bhí sé ag smaoineamh air ar ball beag.

Tosaíonn Naoise ag smaoineamh ar an gcraic a bhíodh idir é agus Virgil nuair a bhíodh siad in aon rang le chéile ar scoil. Go deimhin, bhí triúr eachtranach sa rang sin, anois go smaoiníonn sé air. Bhí buachaill amháin as an Nígéir darbh ainm Obi Ebbi, cailín arbh Meiriceánach í sin chomh maith, darbh ainm Mandy Ashbourne, agus ansin Virgil. B'aisteach é ach bhí Virgil agus Obi ar nós cúpla le breathnú orthu. Iad ar an airde chéanna, gruaig dhubh chatach orthu beirt agus iad dubh-dhonn san éadan.

Ach den triúr eachtrannach, ba le Virgil ba mhó a rinne Naoise cairdeas. Bhí Virgil lán den ghreann agus den diabhlaíocht, díreach ar nós Naoise féin. 'Osama' a thug sé mar leasainm ar Naoise an chéad lá riamh. 'Obama' a thug Naoise airsin. Agus, ina dhiaidh sin, ba mhinice iad ag tabhairt na n-ainmneacha sin ar a chéile ná a n-ainmneacha baiste cearta.

"*Awessssssssssome!*" arsa Virgil an lá sin nuair a tháinig siad ar shocrú maidir leis na leasainmneacha.

"Ionnnnnnnnntach!" arsa Naoise.

Uaireanta, ina dhiadh sin, nuair a bhíodh an diabhal ar fad orthu, chuiridis gothaí cainte orthu féin agus thugaidis 'Osuma' agus 'Ubama' ar a chéile. Iad ag ligean orthu féin gur daoine ardnósacha iad.

Agus, leis an gcuimhne sin, tosaíonn focail an téacs a chuirfidh sé chuig Virgil ag teacht isteach in intinn Naoise. Tosaíonn sé ar an teachtaireacht a bhrú amach ar chnaipíní an fhóin phóca. Cuimhníonn sé gur fearr na focail a ghiorrú agus go sábhálann sin airgead ort sa téacsáil.

'Ola, Obama, nó Ubama! Mé féin 'nseo, dude. Fón nua agm. Cead agm 1 téacs in aghdh an lae a chur. Súil agm go bhfl rdaí go mth ltsa. Mo bhrthlá inniu. Tá mé cho sean ltsa 'nois – tí-hí! Brcfsta mór spslta rmhm thíos stghre. Bdh mé ag cnt lt go luath 'rís – Osama.'

An focal 'Osama' díreach críochnaithe ag Naoise nuair a chloiseann sé an glaoch thíos. "A Naoise, tá an bricfeasta ar an mbord. Táimid ag fanacht ort." Glór Mham.

"Ceart go leor, a Mham. Deich soicind agus beidh mé ann," arsa Naoise, agus breathnaíonn sé ar fhuinneoigín an fhóin arís. 'Seoltaí' agus brú. Déanann sé cúrsáil síos agus aimsíonn sé ainm Virgil – an ceann deireanach sa liosta, agus tagann an uimhir aníos. In imeacht ama, foghlaimeoidh sé go bhfuil bealaí níos tapúla le teacht ar ainm ar bith ach, ag an bpointe seo, níl na cleasanna sin ar eolas aige. Brúnn sé ar ainm Virgil, ansin an dara brú agus imíonn an teachtaireacht leis. An chéad teachtaireacht trí'n téacs riamh curtha aige. É imithe amach ansin áit éigin sa spás agus, má tá gach aon ní ina cheart, in imeacht roinnt soicindí, beidh sé ag Virgil. Agus, go deimhin, níl fáth ar bith nach mbeadh gach aon ní ina cheart. Agus airíonn Naoise an-sásta leis féin. Ní haon bhuachaill deich mbliana d'aois a thuilleadh é. Tá sé aon bhliain déag d'aois agus, rud is tábhachtaí fós: an chéad uair eile a bheidh breithlá aige, beidh sé dhá bhliain déag d'aois agus ag druidim le tosú sa Ghaelcholáiste nua.

Accccccchhh, tá rudaí nach bhfuil ar eolas ag Naoise faoin bhfón nua. Is rudaí iad nach bhfuil ar

[28] eolas ag Daid ach an oiread. Ar an gcéad dul síos, tá digit amháin den uimhir a chuir Daid isteach sa bhfón faoi ainm Virgil mícheart. Míííííííícheart!!! Sa dara háit, tá earráid déanta sa chlárú a rinneadh ar an bhfón sa siopa inar ceannaíodh é, rud a chiallaíonn, i ndáiríre, nach bhfuil an fón seo cláraithe faoi ainm Naoise ar chor ar bith. Go deimhin, níl sé cláraithe faoi aon ainm in aon chor. Agus, anuas ar an dá rud sin, de thimpiste, tá bac curtha ar uimhir an fhóin, ionas nach dtagann uimhir Naoise aníos ar fhuinneoigín nó ar chlár na nglaochanna ar fhón ar bith eile. Mar sin, nuair a chuirfidh Naoise glaoch ar dhuine ar bith, ní fheicfidh an duine sin ach *'NUMBER BLOCKED'* san fhuinneoigín. Ar ndóigh, tá sé deacair a fhios seo a bheith ag Naoise mar ní gnách ag duine glaoch a chur air féin … ach amháin, b'fhéidir, más duine é atá an-an-an-an-an-uaigneach ar fad!!! Ach, an rud nach eol don meon, ní heol don chroí …

"A Naoise. Bricfeasta!" a bhéiceann Mam athuair, agus as go brách leis an mbuachaill breithe de phocléimeanna móra an staighre síos.

3 DEF

#@<+ *>&?^... *Washington D.C., Maidin Shathairn, 3.49 a.m., am Mheiriceá:*

Bíbí-bi-bíp, bíbí-bi-bíp! Bíbí-bibíp, bíbí-bibíp! Bíbí-bi-b-

Brostaíonn Myles Johnson i dtreo dhoras na hoifige slándála ar Urlár 7 i mBloc D sa Pheinteagán. Úsáideann sé an raonadóir láimhe chun glas an dorais a scaoileadh go leictreonach sula shroiseann sé é, fiú. Cuireann sé lámh ar an leicín práis a fhógraíonn *AUTHORISED PERSONNEL ONLY* agus brúnn an doras isteach roimhe.

"*Okay, you guys!*" a fhógraíonn sé, "*we've got us one hell of an alert goin' down here. Y'all gather in here right now.*"

Láithreach bonn, ardaíonn an ceathrar atá san oifig a gcloigne ón obair atá ar siúl acu.

"*All here – NOW,*" a deireann Johnson, agus tá údarás agus boirbe le sonrú ar an ordú a thugann sé an uair seo. Suíonn sé ag deasc mhór leathan atá i gceartlár an tseomra.

Bogann an ceathrar eile ina threo ar an bpointe. Duine acu – Marty Clutz – seachas siúl, seolann sé é féin trasna urlár na hoifige ar cheann de [33] na cathaoireacha oifige sin a bhfuil na rothaí beaga úd faoi. Ach go ró-thapa a thagann sé i dtreo dheasc Mhyles Johnson, agus – *Spppplattt!* Buaileann sé isteach caol díreach ar thaobh na deisce. Breathnaíonn Johnson air amhail is gur amadán é.

"Nice one, Clutz! I mean, really nice one!" arsa Myles. *"Man, I can tell that you're gonna be one big help with this particular problem."*

Crochann Marty a cheann agus deargann sé rud beag san éadan. Tá a fhios aige nach dtaitníonn sé le Myles Johnson an oiread sin agus gurbh fhearr a dhéanfadh sé gan aon leithscéal a thabhairt dá bhoss a bheith ag géarú air.

"Okay, then, now listen up," arsa Johnson. *"We got us a 'NUMBER BLOCKED' scenario and we're lookin' at one potentially huge emergency here. If we can't get our heads around this one in jig time, we just may be lookin' at one helluva Red Alert situation."*

Breathnaíonn an ceathrar ar a chéile agus monabhar cainte eatarthu ar chloisteáil an téarma 'Red Alert' dóibh. Ansin, díríonn siad aird ar Johnson athuair le go gcloise siad a thuilleadh.

"*Osama!*" arsa Johnson, go lom díreach leo.

"*Osama! Bin Ladin?*" arsa Clutz.

"*Yes sir-ee, you betcha! Got it in one, Clutz. Osama Bin Ladin, as in M-A-J-O-R T-E-R-R-O-R-I-S-T,*" agus litríonn sé amach na focail 'major terrorist', litir ar litir. "*Look you up here, y'all,*" ar sé, agus brúnn sé cnaipe atá i gcúinne uachtair na deisce.

Láithreach bonn, íslíonn scáileán mór bán é féin go leictreonach ón tsíleáil agus stopann nuair atá sé i bhfoisceacht trí throigh den urlár. Ardaíonn Johnson gléas eile den deasc, síneann i dtreo an scáileáin é agus brúnn cnaipe eile fós. Agus, leis sin, feictear teachtaireacht ar an scáileán.

'Ola, Obama nó Ubama! Mé féin 'nseo, dude. Fón nua agm. Cead agm 1 téacs in aghdh an lae a chur. Súil agm go bhfl rdaí go mth ltsa. Mo bhrthlá inniu. Tá mé cho sean ltsa 'nois – tí-hí! Brcfsta mór spslta rmhm thíos stghre. Bdh mé ag cnt lt go luath 'rís – Osama.'

Tá ciúnas iomlán sa seomra tar éis do cheathrar na hoifige an fhoclaíocht a léamh. Casann siad i dtreo a chéile, gach aon duine díobh ag iarraidh a dhéanamh amach an eisean nó ise

an t-aon duine nach bhfuil in ann bun ná barr a
dhéanamh de.

"Well, folks, any ideas?" arsa Johnson –
Ciúnas. *"Anyone able to make sense of any part of
it, apart, of course, from 'Ola', 'Obama', 'dude' and
'Osama'?"* Ciúnas fós eile.

*"Okay, you agents, let's have a little bit of
feedback here!"* A thuilleadh ciúnais, agus iad uile ag
féachaint ar Johnson. *"Like, I mean today, you guys!
Well, what about it?"* Agus, fós eile, tá an ciúnas ag
béicíl agus ag scréachaíl sa seomra.

*"Come on, people. Ideas? This is what you guys
are being paid big bucks for. Anyone?"*

Tá fonn ar Mharty Clutz tuairim a thabhairt,
ach leisce air sin a dhéanamh ag an am céanna.
Toisc é a bheith den tuairim nach maith le Myles
Johnson é, ní maith leis aon leithscéal a thabhairt
don fhear beag is fiú a dhéanamh de.

"Well, Clutz," arsa Johnson, agus shílfeá go
raibh sé in ann intinn Mharty a léamh ar an ábhar,
"share your thinking on this one with us, man." Agus
siúlann Johnson amach uaidh. Aniar aduaidh a
thagann caint seo a bhoss ar Mharty bocht. Tá leisce

[36] air fós rud ar bith a rá ach, anois, caithfidh sé tuairim a nochtadh.

"*Foreign language, sir,*" ar sé, go hamhrasach faiteach.

Casann Johnson ina threo arís. Tá strainc ar a bhéal aige a léiríonn an dímheas atá aige ar thuairim Mharty cheana féin.

"*Well, hot damn it, man!*" arsa Johnson, agus druideann sé a éadan isteach i dtreo aghaidh Mharty. "*Foreign language, eh! Foreign language!*" Daingníonn sé an strainc atá air níos mó fós. Ansin: "*Of course it's a foreign language, you pea-brain! What I need to know here is just what goddam foreign language it is.*"

Íslíonn Marty na súile agus é ar buile leis féin gur nochtaigh sé tuairim ar chor ar bith. Tá a mheon tite siar triocha bliain go dtí an uair a raibh máistreás scoile aige a bhíodh brúidiúil leis. Í grod garbh tarcisniúil, díreach mar atá Johnson.

"*Maybe not,*" arsa Roberta Schwartz, duine den bheirt bhan atá ar an bhfoireann.

Láithreach, ar chloisteáil chaint Roberta do Mharty, airíonn sé go mbainfidh sin an brú de.

"*Maybe not what, Spicey?*" arsa Johnson go

grod garbh léi. É de nós aige *'Spicey'* a thabhairt ar Roberta i gcónaí toisc Schwartz a bheith mar shloinne uirthi.

"*Maybe it's not a language, sir. Maybe it's a code,*" ar sí.

Breathnaíonn Johnson go smaointeach uirthi soicind nó dhó. 'Hmm! Cén fáth nár smaoinigh mé féin air sin?' ar sé leis féin. Ach níl sé chun admháil nár smaoinigh sé air.

"*Now we're thinking outside the box a little,*" arsa Johnson. "*Get that, Clutz? You hear what Spicey here is saying? Exactly what I had been thinking myself,*" ar sé, agus gan náire ar bith air an bhréag lom a rá. "*You see, people, this here is very obviously a C-O-D-E.*" Agus, arís eile, litríonn Johnson gach litir den fhocal *'code'* amach os ard dóibh.

"*Code,*" arsa Marty ar an bpointe. Is gan smaoineamh a deireann sé os ard é. Tá a intinn fós siar ansin sa scoil bheag tuaithe úd i gCobden, Illinois, tá triocha bliain ó shin. É ag cuimhniú ar Ms. Petersen, an múinteoir bunscoile a bhí aige nuair a bhí sé i Rang a Cúig. Nós an mhúinteora sin ab ea focail a litriú amach chomh maith, agus

[38] bheadh ar na páistí na focail a ainmniú ansin.

Breathnaíonn Johnson go déistineach ar Mharty. *"Duh!"* ar sé, ansin casann ar an dtriúr eile. *"Okay, guys, gather in here, y'all – you too, Clutz. Now, this here is how we're gonna play this one."*

Druideann baill na foirne isteach níos cóngaraí dá chéile chun an plean aicsin a chloisteáil.

"Duxbury and Jennings," arsa Johnson, *"I want you two working on numbers. One, I want to know how this weirdo manages to get hold of the single most secret internal cell phone number in the whole of the U.S. of A. Two, he ain't got no number showing on his cell phone – find it. Three, I want a name and a location on him ASAP, and that means 'yesterday', people."*

Mar philéir as gunna atá na horduithe á radadh amach ag Johnson le Cranston Duxbury agus Ellen Jennings.

"Pardon me, sir, but maybe it's a she," arsa Marty Clutz, agus é ag cur isteach ar shruth smaoinimh Johnson. Arís eile, breathnaíonn an ceannasaí go déistineach dímheasúil air.

"Right," arsa Johnson, agus beartaíonn sé gan freagra ná creidiúint ar bith a thabhairt don méid

atá ráite ag Clutz. *"Spicey, I want you and Clutz here to work on breaking this code. Do an initial scanning for vowel clusters, consonant clusters and syntax patterns, and get back to me on it by – "* agus stopann sé sa chaint chun breathnú ar a uaireadóir – *"say, by 0-300 hours tomorrow morning. I also want one of you – preferably you, Schwartz – to run a cross-check by pattern-alternation on all known Arab dialects and sub-dialects. Got it?"*

"Got it, sir," arsa Roberta Schwartz.

"You got all that too, Clutz?" arsa Johnson, agus é fós ag cur as dó go rúnda gurbh é Marty, i ndáiríre, a smaoinigh go mb'fhéidir gur bean í an té a chuir an téacs.

"Got it, sir," arsa Marty, go cúirtéiseach.

Músclaíonn Marty a mhisneach rud beag eile fós agus beartaíonn sé smaoineamh atá ina chloigeann aige a fhógairt. *"Excuse me, sir,"* ar sé.

"What is it this time, Clutz?"

"Don't you think, sir, that it might be a good idea for us to sustain contact with the texter? Even though we don't have his or her number, we can use our secretive auto-return device to answer. That NUMBER BLOCK

[40] *only prevents us being able to make a call, but our auto-return for texting bypasses his NUMBER BLOCK. By texting back, it buys us more time and also increases the possibility of traceability."*

Níl smaoineamh Johnson imithe ar aghaidh chomh fada sin fós ach, arís eile, níl sé sásta é sin a admháil leis an bhfoireann. Agus is cinnte nár mhaith leis go bhfeicfí go bhfuil Clutz, thar dhuine ar bith eile, chun tosaigh air sna cúrsaí seo.

"Don't jump ahead of me, Clutz," ar sé. *"That is precisely what I was about to recommend. I'll handle that end of things."*

"And, sir –" arsa Marty, é ag dul sa tseans fós eile agus ag cur isteach ar Johnson an babhta seo.

"What now, Clutz?" arsa Johnson, agus is léir ar thuin na cainte uaidh go bhfuil sé ag éirí níos mífhoighní fós le Marty bocht.

"We need a code name for this oper-"

"Of course we need a goddam code name for this operation! Do you think I hadn't thought of that?"

Breathnaíonn gach duine den cheathrar foirne ar a chéile agus tá a fhios acu nár smaoinigh Johnson air go dtí anois díreach, nuair a luaigh

Marty leis é.

"Jennings," arsa Johnson, go grod, *"what's next up on our list of code names?"*

Brúnn Amanda Jennings cúpla cnaipe ar ríomhaire dheasc Johnson agus aimsíonn an t-eolas cuí air. *"We're still on the Vs, sir. Last operation was 'V for Victory'. Next one up is 'V for Virgil'."*

"Hey, cool!" arsa Duxbury. *"That's my boy's name!"*

"Alright, Duxbury, let's cool it, man. Mere coincidence," arsa Johnson. *" 'Virgil' it is, then,"* ar sé. *"So, listen up, people: all reference, all internal correspondence, all coded communication goes under V for 'Virgil'. And absolutely everything gets run by me before it goes out of here. Clear?"*

"Yes, sir," arsa an ceathrar d'aon ghuth.

"Now, y'all get to it, people," arsa Johnson. *"We've got us a President to protect here."*

Agus, leis sin, tosaíonn an dá bheirt – Duxbury agus Jennings, Schwartz agus Clutz – ar fhilleadh ar a ndeascanna éagsúla san oifig.

"Oh, by the way, Agent Duxbury," arsa Johnson, agus stopann Duxbury sa tsiúl agus casann ar ais i

[42] dtreo Johnson. *"I want you to take responsibility for whatever texting we may have to conduct with this weirdo. Alrighty!"*

"Yes, sir, will do," arsa Virgil Duxbury le ceannasaí na rannóige.

"Okay then, let's sit us down right here and now and we'll come up with an appropriate answer to this here first text. Gotta sustain contact with the texter," arsa Johnson. *"Gotta sustain contact,"* ar sé den dara huair, agus breathnaíonn gach éinne den triúr eile ar Mharty Clutz nuair a deireann Johnson sin.

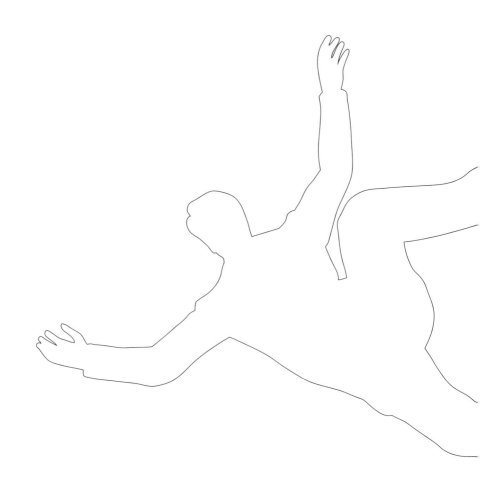

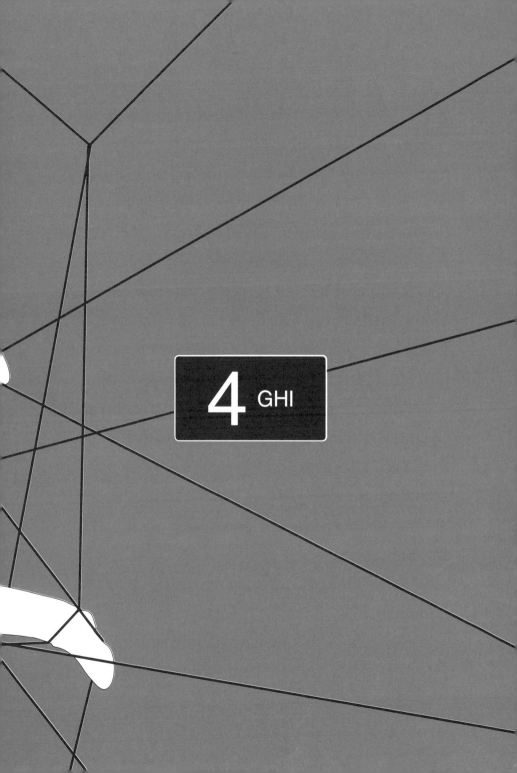

4 GHI

4.46

pm, tráthnóna Dé Sathairn. Gach aon duine bailithe isteach sa seomra suí agus iad an-sásta leo féin. Tá a bhfuil fágtha den chíste milis ar phláta ar an mbord agus aon choinneall déag a bhfuil na fáideoga dóite orthu ar chiumhais an phláta. An fón póca ina dheasóg ag Naoise. Tá Daidseo díreach tar éis cuidiú leis luach an dearbháin €20 *Top-up* a chur isteach ann. An chéad uair do Naoise é sin a dhéanamh chomh maith. An oiread sin rudaí ag tarlú dó don chéad uair riamh inniu.

Agus, leis sin, *Bí-bíp! Bí-bíp!* Preabann Naoise soicind leis an dinglis a chuireann creathán an fhóin trína lámh. Breathnaíonn gach aon duine ina threo agus déanann siad go léir gáire. Tá an dá shúil ar bior i gcloigeann Naoise. An chéad téacs chuige ar an bhfón nua!

"Bhuel!" arsa Mam, Daid agus Daidseo leis d'aon ghuth.

"Bhuel!" arsa Síne ina ndiaidh, agus iad uile ag breathnú ar Naoise.

"Téacs!" arsa Naoise.

"Sea, a mhaicín, téacs!" arsa Daid.

"Téacs, a bhuachaill, téacs! Nach bhfuil tú chun breathnú air?" arsa Daidseo, agus éiríonn sé agus tagann a fhad lena gharmhac.

"Tá, tá," arsa Naoise, agus breathnaíonn sé ar an bhfuinneoigín agus déanann smaoineamh ar na céimeanna is gá a thógáil chun an téacs a aimsiú.

'Virgil' a fheiceann sé ar an scáileáinín. Leis sin, brúnn sé *'View'* agus aníos leis an teachtaireacht ar an bpointe:

'Text received. We demand that you identify yourself by Name, Number and Nationality immediately – Virgil.'

Tógann sé soicind nó dhó ar intinn Naoise dul i dtiúin leis an dtéacs, ach ansin scairteann sé amach ag gáire. "Bhuel, nach é an diabhailín ceart é Virgil!" ar sé. "Tá sé tar éis téacs a chur ar ais chugam ag ligean air nach bhfuil a fhios aige cé a chuir an téacs chuige."

"Ná habair!" arsa Mam. "Léigh amach dúinn é, a Naoise." Agus déanann Naoise mar a iarrtar air.

"Bhuel, nach é an buachaill báire é!" arsa Daid. "Céard a déarfaidh tú leis mar fhreagra?"

"Níl a fhios agam fós, a Dhaid," arsa Naoise.

[48] "Rachaidh mé suas staighre agus déanfaidh mé smaoineamh air."

"Suas leat, más ea," arsa Daidseo, "agus déanfaimidne comhrá eadrainn féin anseo a fhad is go mbíonn tusa ina bhun sin."

Tá Naoise díreach ar tí an seomra a fhágáil nuair a chuireann Daid isteach air.

"Haigh, a Naoise, cuimhnigh anois ar an socrú atá againn maidir le téacsanna a chur."

"Tá a fhios agam, a Dhaid. Dhá théacs in aghaidh an lae, agus sin uile."

"Maith an fear tú féin," arsa Daid, agus caochann sé leathshúil ar a mhaicín. "*Away* leat anois."

Naoise ar tí fágála arís nuair a chuirtear isteach fós eile ar an imeacht. Daidseo a chuireann moill air an uair seo:

"Ó, dála an scéil, a Naoise, toisc gurb é do bhreithlá inniu é, labhair mé le do Mham agus do Dhaid faoi ligean duit fanacht i do shuí chun breathnú ar *Match of the Day* anocht."

"Agus ..?" arsa Naoise, agus na súile ar nós dhá bhalún mhóra ina chloigeann aige.

"Agus ..." arsa Daidseo, agus cuireann sé moill

leis an bhfreagra … "tá cead agat."

"Daidseooooooooooooo!" a bhéiceann Naoise, agus ritheann sé ar ais i dtreo a sheanathar agus beireann barróg mhór air.

"Anois," arsa Daidseo, "as go brách leat sula dtagann aon athrú ar an scéal sin."

Agus amach an doras le Naoise a thúisce in Éirinn agus is féidir.

Thuas staighre anois dó agus caitheann Naoise é féin anuas ar an leaba. Ardaíonn sé an fón póca os comhair na súl, léann téacs Virgil arís, ansin déanann gáire fós eile. Ansin, cuireann sé caipín an smaoinimh air maidir leis an bhfreagra a chuirfidh sé chuige: céard é a déarfaidh sé ar chor ar bith? Gan ach an leathnóiméad imithe nuair a thagann dul an fhreagra chuige agus tosaíonn sé ar chnaipíní an fhóin a bhrú:

'Bhl, Obama, nch tú an diabhal amch 's amch, 'gus tú ag lgn ort nch bhfl a fhs agt cé mé fn! Nch intch é a bhth in ann tcsnna a chr! Mé rímédch ls an bhfón nua – mé ag pléascadh le háths. Tá sé dinimít ar fad! Mo 2 thcs le hghdh an lae inniu crtha agm. Fan i dtgmháil lm – Osama.'

[50]   Breathnaíonn sé ar an téacs arís sula chuireann sé chun bealaigh é. Tá sé ag iarraidh déanamh cinnte de go bhfuil gach focal giorraithe chomh maith agus is féidir. Gáire beag uaidh agus brúnn sé an cnaipe, agus as go brách lena theachtaireacht trasna an Atlantaigh. Luíonn sé siar ar an leaba agus smaoiníonn ar an gcraic iontach a bhaineann le fón póca a bheith aige …

#@<+*>&?^... Washington D.C., Maidin Shathairn, 11.59 a.m., am Mheiriceá:

   Bí-bíp! Bí-bíp!

   Preabann lucht na hoifige nuair a chloistear an téacs ag teacht isteach ar an bhfón póca is príobháidigh ar domhan. Breathnaíonn an cúigear oifigeach ar a chéile, ansin beireann Cranston Duxbury ar an ngléas, brúnn an cnaipe agus léann go ciúin dó féin.

   "*Well?*" arsa Myles Johnson, go mífhoighneach.

   "*Yes, sir, another NUMBER BLOCKED text! It's our man again – Osama.*" Agus, leis sin, déanann Duxbury iarracht ar é a léamh amach, ach teipeann air aon chiall a dhéanamh de na focail.

"Sorry, sir, can't read it. It's that goddam code again. Only thing I can get is 'Osama' at the end of the message."

Arís eile, breathnaíonn an cúigear ar a chéile.

"Okay, then!" arsa Johnson. *"Jennings, I want you to run the message through the ultra-scanner and project it onto Screen B."* Agus, leis sin, tarraingíonn Johnson scáileán bán anuas den tsíleáil. Ní hé seo an scáileán céanna a d'úsáid siad ar ball ach ceann atá i bhfad níos mó ná sin.

"Right-on," arsa Jennings, agus téann sí i mbun oibre leis an obair scanála.

"Spicey, Clutz," arsa Johnson, agus é ag casadh go mear ar a shála, *"I want you two going through this one with a fine-tooth comb. We need to know if there are similarities in the codes, repeat utterances from the first message, significant phraseology or part-words and a particular focus on any full words we can pick out of it. If you spot anything that looks like a complete word – except, that is, for 'Osama' – okay, Clutz? – I want you to cross-check it electronically across all known languages and get back to me on it on the double. Got it?"*

"Got it, sir," arsa an bheirt ghníomhairí.

Leis sin, casann Johnson i dtreo Jennings an athuair. *"How are we doing with the scanning, Jennings?"* ar sé.

"All set, sir."

"Good work," arsa Johnson. *"Now bung that baby up there on that screen till we see just what this weirdo's gotta say this time."*

Ní túisce na focail as béal Johnson nó go mbrúnn Jennings cúpla cnaipe, agus sin rompu é ar an scáileán mór, iomlán na teachtaireachta a chuir Naoise ar ball beag.

'Bhl, Obama, nch tú an diabhal amch 's amch, 'gus tú ag lgn ort nch bhfl a fhs agt cé mé fn! Nch intch é a bhth in ann tcsnna a chr! Mé rímédch ls an bhfón nua – mé ag pléascadh le háths. Tá sé dinimít ar fad. Mo 2 thcs le hghdh an lae inniu crtha agm. Fan i dtgmháil lm – Osama.'

"Seeking your permission, sir," arsa Jennings, *"I've done a grey highlight function on a number of words that seem as if they may be complete words. It may be of assistance to Schwartz and Clutz in their search. I can highlight them on screen right now, should you like."*

"Okay, then, let's have those babies up there   [53]
right now, Jennings," arsa Johnson.

Agus, leis sin, brúnn Jennings cúpla cnaipe
eile ar an raonadóir leictreonach. Láithreach bonn,
tagann an teachtaireacht aníos as an nua agus scáth
liath ar na focail a raibh Jennings ag caint orthu.

'Bhl, Obama, nch tú an diabhal amch 's amch,
'gus tú ag lgn ort nch bhfl a fhs agt cé mé fn! Nch intch
é a bhth in ann tcsnna a chr! Mé rímédch ls an bhfón
nua – mé ag pléascadh le háths. Tá sé dinimít ar
fad. Mo 2 thcs le hghdh an lae inniu crtha agm. Fan i
dtgmháil lm - Osama.'

"Okey-dokey," arsa Johnson, "let's have a look at
the whole message first. And I'm lookin' for ideas here,
folks. Ideas!"

Tá ciúnas san oifig agus an cúigear ag breathnú
go grinn ar gach mion-ghné den teachtaireacht.

"All code again," arsa Duxbury, tar éis triocha
soicind den chiúnas, nó mar sin.

"Agreed on that one," arsa Johnson. "And I gotta
tell you that all my experience in these matters points
me to thinkin' that those three highlighted pieces ain't
full words either. All code."

Ach tá a mhalairt de thuairim ag Marty Clutz.
Dar leis, is focail iomlána as teanga éigin iad na cinn
a bhfuil an scáth liath orthu, ach tá leath-fhaitíos arís
air an tuairim sin a fhógairt i láthair Johnson. Ach,
d'ainneoin an fhaitís, músclaíonn sé a mhisneach
agus labhraíonn.

*"Begging your pardon, sir, but I think that
maybe they are full words – maybe from some obscure
language that we don't know much about."*

Amharcann Johnson ar Clutz ar an dóigh
chéanna úd lena mbreathnaíonn sé air i gcónaí.

*"Yeah! Right, Clutz – obscure! Yep, O-B-S-C-U-R-E:
obscure! You know, somehow, that kinda figures comin'
from you. We'll see,"* arsa Johnson, agus é ag déanamh
an ghnáth beag is fiú de Mharty. *"Now, hop to it, you
two, and get back to me on it a.s.a.p."*

Bailíonn Johnson leis doras na hoifige amach
agus fágtar an ceathrar eile i mbun a gcuid gnó.
Druideann Duxbury agus Jennings taobh le chéile
ag aon deasc amháin agus déanann Clutz agus
Schwartz amhlaidh ag deasc eile. Tá siad tamall mar
sin nuair a labhraíonn Duxbury.

"You know, Marty," ar sé, *"now that I look again,*

I may have been a bit hasty in thinking it was all code. [55]
I got me a sneaky feeling now that you just may be
right about some of those complete words."

Níl am ag an ardú croí a chuireann seo ar
Mharty dul i gcion air nuair a chuireann Roberta
Schwartz leis an gcaint:

"Yeah, me too, Marty," ar sí.

Agus, anuas air sin uile, cuireann Jennings leis
an tuairim chéanna:

"Yep, I'm with y'all on this one. I think Chief
Johnson's jumpin' way too fast in dismissin' them there
whole word possibilities."

"Alrighty, then, you guys stick with the whole
word thing," arsa Duxbury le Schwartz agus Clutz,
"and Jennings and I will keep working on code analysis."

"Gotcha!" arsa Schwartz, agus cromann sí féin
agus Marty isteach ar an obair an athuair.

Leis sin, 's gan aon choinne leis, osclaítear
príomhdhoras na hoifige arís agus sánn Johnson a
chloigeann isteach idir doras agus ursain. *"Oh, by*
the way, you guys, y'all better phone home and tell
your wives and kids that the weekend is cancelled. No
one leaves here till we get this one solved. Oh yeah,

[56] *and any food ordered in between now and Monday is to come from Pizza Hut only, and all to be delivered downstairs to Security. Bill it to The Pentagon Security Division, as always, but remember: Pizza Hut only. They're the only authorised supplier for take-away food to this office. So, see y'all bright and cheery on Monday mornin'."*

Agus imíonn Johnson leis, 's gan focal á rá aige faoi gur deartháir leis é bainisteoir an *Pizza Hut* is gaire don Peinteagán. Is deas, freisin, mar atá an deireadh seachtaine saor aigese ach go bhfuil ar an gceathrar eile fanacht i ngéibheann na hoifige go dtí an Luan. Mar sin féin, is olc an ghaoth nach séideann maith éigin, b'fhéidir. Tugann seo seans dóibh roinnt taighde a dhéanamh ar na focail iomlána, rud nach gceadódh Johnson dóibh dá mbeadh sé ar an láthair ...

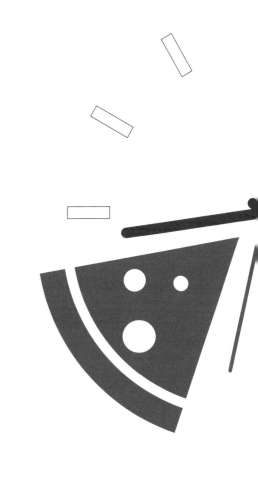

5 JKL

Oíche Shathairn, 11.48 pm. Sleamhnaíonn Mam isteach sa seomra suí, gluaiseann i dtreo na teilifíse agus múchann. Tá sí díreach tar éis Daidseo a thiomáint abhaile agus gan tuairim ag Daid ná Naoise gur fhág sí an teach, fiú. Tá *Match of the Day* thart le deich nóiméad anuas, nó mar sin, ach tá Naoise agus Daid beag beann air sin chomh maith. Tá siad sínte amach ar an tolg mór fairsing – Daid ag ceann amháin de agus é ag srannadh ar nós muice, agus Naoise ag an gceann eile agus cuma ghliobach air. Cromann Mam taobh le Daid agus croitheann a ghualainn go séimh.

"A Eoin," ar sí. "Dúisigh, a Eoin."

Ligeann Daid gnúsacht as, casann isteach ar an tolg, ansin amach arís, cuireann leathlámh lena chloigeann agus osclaíonn na súile go drogallach.

"Ó, a dhiabhail, ná habair go bhfuil sé in am oibre cheana féin," ar sé. "Níor chuala mé an t-aláram, fiú."

"Muise, níl ná baol air, a Eoin, a stór," arsa Mam, agus leathgháire uirthi. "Oíche Shathairn atá ann i gcónaí, a chroí. É ag druidim le huair an mheán oíche."

"Oíche Shathairn!" arsa Daid, agus é á ardú [61]
féin chun suí. Ansin feiceann sé Naoise ag ceann
eile an toilg agus cuimhníonn sé ar *Match of the
Day.* Leis sin, caitheann sé sracfhéachaint i dtreo na
teilifíse –

"Tá sé thart, a Eoin," arsa Mam. "Ní mé nár
chodail an bheirt agaibh trí'n gcuid is mó de *Match
of the Day.* Ba leasc le Daidseo sibh a dhúiseacht
chun slán a fhágáil agaibh."

"Daidseo!" arsa Eoin, agus breathnaíonn sé i
dtreo na cathaoireach a raibh Daidseo ina shuí air
ar ball beag. Ansin, breathnaíonn sé i dtreo Naoise
athuair. Tá an buachaillín ina luí ansin, mála *Hula
Hoops* ar a chliabhrach aige agus ceann nó dhó
díobh doirte amach ar a gheansaí. Tá gloine *Coke*
ar an urlár thíos faoi, agus cos Naoise crochta go
bagrach os a cionn sin. Agus, ar ndóigh, tá an fón
póca faoi ghreim ina lámh chlé aige agus gan gíog ná
bíp ná bú as an bhfón céanna ag an bpointe seo.

Breathnaíonn Mam go cineálta ar a maicín,
ansin sméideann ar a fear céile an páiste a ardú agus
é a thabhairt suas chun na leapa. Seasann Daid,
sánn a dhá lámh fhearúil isteach faoi chorp a mhic

[62] agus ardaíonn ina bhaclainn é. Tá lámh dheas an bhuachalla fáiscthe isteach in aghaidh bholg an athar agus an chiotóg ar bogarnach go scaoilte ar an taobh eile. Ach cuma codladh, fáisceadh, bogarnach ná rud ar bith eile, tá greim docht daingin ag Naoise i gcónaí ar an bhfón póca. É ar crochadh de bharra chorrmhéir agus ordóg na láimhe clé air, amhail is go bhfuil téadán dofheicthe éigin á choinneáil gan titim.

"Agus é seo," arsa Mam, agus í ag teacht i dtreo na beirte agus ag éascú an fhóin phóca as lámh a mic, "is féidir é seo a fhágáil sa seomra suí thar oíche." Breathnaíonn sí ar an bhfón agus smaoiníonn siar soicind nó dhó ar imeachtaí an lae, ansin leagann an fón uaithi ar mhatal an tseomra suí. Múchann sí solas an tseomra, druideann an doras agus téann in airde staighre i ndiaidh a fir céile agus a mic.

I ngan fhios do chách, ag pointe éigin i lár na hoíche, cloistear *Bí-bíp* ar fhón póca Naoise ar an matal sa seomra suí agus caitear gile ar bhallaí an tseomra nuair a lastar solas fhuinneoigín an fhóin …

Am éigin maidin Domhnaigh. Briseann

smuga an chodlata ar shúile Naoise agus sruthlaíonn [63]
gathanna an tsolais isteach iontu. Ní cuimhin leis
dul chun na leapa ar chor ar bith. Ní cuimhin leis
ach cárta dearg a bheith á thaispeáint ag an réiteoir
do imreoir éigin agus cic éirice á thabhairt aige do
cheann den dá fhoireann. Agus, ina dhiaidh sin,
tada. Gan tuairim ar domhan aige cén t-am den
mhaidin é, fiú. Ansin, ritheann sé leis go bhfuil clog
ar an bhfón póca aige. Breathnaíonn sé ar bharr an
chóifrín bhig atá taobh leis an leaba ach níl rian
den bhfón ann. Tagann scaoll ar a chroí soicind
nuair a cheapann sé go mb'fhéidir go bhfuil an fón
imithe. Ach suaimhníonn sé arís a luaithe agus a
chuimhníonn sé go gcaithfidh go bhfuil sé fágtha
thíos staighre sa seomra suí aige. Mar sin féin, is
fearr a bheith cinnte de sin. Éiríonn sé, de phreab,
agus déanann caol díreach ar an staighre.

Thíos staighre dó anois agus osclaíonn Naoise
doras an tseomra suí. Tá na cuirtíní dúnta i gcónaí,
rud a thugann le fios do Naoise nach bhfuil Mam
ina suí fós. Tá an seomra ina dhorcha ach amháin
go bhfuil soilsín beag éigin á lonrú agus á mhúchadh
féin ar an matal. Isteach sa seomra leis agus,

[64] láithreach bonn, airíonn sé rud éigin brioscánach á mheilt faoina chois. Freangann sé láithreach nuair a airíonn sé an míchompord, agus tarraingíonn a chos siar. Ach, gan choinne leis, buaileann an chos chéanna in aghaidh rud éigin ar an urlár agus braitheann Naoise fliuchras á chaitheamh aníos ar a lorga. Cúlaíonn sé i dtreo an dorais, lasann solas an tseomra agus breathnaíonn san áit ina raibh sé ina sheasamh. Agus sin roimhe ar an urlár *Hula Hoop* – é brúite meilte isteach sa bhrat urláir – agus an ghloine *Coke* doirte amach taobh leis.

"Ó, a Mhama!" ar sé, agus deifríonn sé chun an praiseach a ghlanadh sula dtiocfaidh Mam nó Daid síos staighre. A luaithe agus atá sin déanta, aimsíonn sé an fón póca ar an matal agus feiceann go bhfuil teachtaireacht air – téacs. Anois a thuigeann sé céard ba chúis leis an soilsín a bheith á lonrú. Brúnn sé *View* agus aníos leis an téacs a tháinig isteach i ngan fhios dó i lár na hoíche aréir:

You are really pushing it, Osama, my friend. We are taking a pizza break here, but we'll be back on your tail after that. P.S. You into pizza? What's your pleasure?

Leathann miongháire ar bhéal Naoise [65]
agus cuimhníonn sé ar na huaireanta a dtéadh
sé féin agus Virgil le duine amháin nó duine eile
dá máithreacha go hionad siopadóireachta *Liffey
Valley*, áit a raibh *pizzeria* iontach. Thaitníodh pizza
Four Seasons le Virgil ach bhíodh tóir ag Naoise ar
cheann a bhíodh an-te ar fad ar a dtugtaí an *Bomb-
blaster.* Bhíodh sin lán de phiopair *jalapeño* agus
mhairteoil spíosraithe. Déanann sé smaoineamh
soicind: an gcuirfidh sé freagra ar ais anois nó an
bhfanfaidh sé go dtí go mbíonn píosa deas den lá
imithe – uair, b'fhéidir a bheidh roinnt nuachta aige
i dtaobh imeachtaí an lae? Caithfidh sé cuimhniú
i gcónaí nach bhfuil ceadaithe dó ach dhá théacs
in aghaidh an lae. Ach ní ligfidh an mhífhoighne
dó fanacht go dtí sin. Agus tosaíonn sé ar a
theachtaireacht a bhrú amach ar na cnaipíní:

*'Bhl, Obama, mar is eol dt go mth, ní spéis lmsa
rud ar bith ach an Bomb-blaster. Boom! – Osama.'*

Breathnaíonn sé ansin ar an téacs, samhlaíonn
sé Virgil á léamh agus tagann miongháire ar a bhéal
fós eile nuair a smaoiníonn sé ar na cuimhní a
mhúsclóidh sin in intinn a chara i Meiriceá nuair

[66] a léann sé é. Leis sin, cuireann sé chun bealaigh é agus breathnaíonn air ag eitilt as an bhfuinneoigín. Ansin, as go brách leis suas staighre arís.

#@<+>&?^... Washington D.C., Maidin Domhnaigh, 6.13 a.m., am Mheiriceá:*

Tá ceathrar na hoifige spréite ina gcodladh in áiteanna éagsúla san oifig agus boscaí cairtchláir pizza ar fud na háite. Tá siad tar éis oibriú go dian isteach i mion-uaireanta na maidine ach, ar deireadh, bhí orthu géilleadh don tuirse a tháinig orthu. Tá Duxbury ina shuí ag a dheasc, é cromtha ar aghaidh agus a chloigeann leagtha síos ar an dá lámh atá trasnaithe faoi. Gach anois is arís, scaoileann sé srannadh beag uaidh, ansin ciúnaíonn arís. Tá Jennings ina luí ar bharr a deisce agus í cúbtha suas, mar a bheadh leanbh sa bhroinn ann. Maidir le Schwartz, tá sise ina suí suas caol díreach ar chathaoir atá i gceartlár urlár na hoifige. Tá cuma mhainicín uirthi, í dathúil dea-chumtha agus craiceann a haghaidhe ar dhath na holóige.

Ach Clutz! Bhuel, tá Clutz díreach mar a bheadh Myles Johnson ag súil leis a bheith, b'fhéidir.

Go deimhin, dá mbeadh Johnson ann anois díreach   [67]
len é a fheiceáil, is cinnte go ndéanfadh sé ceap
magaidh den fhear bocht. Tá Marty ina luí ar
chlár a dhroma ar an urlár i gcúinne na hoifige, a
chloigeann leagtha isteach san áit sin a dtagann an
dá bhalla le chéile. Tá liobarbhéal air, é leathoscailte,
agus iarsmaí de cháis agus anlann thrátaí ag
drithliú ón liopa íochtair síos dá smig. Agus, ar a
chliabhrach, tá naipcín mór páipéir a bhfuil lógó
Pizza Hut air agus píosa de chrusta an phizza idir
sin agus póca a léine.

'*Bí-bíp! Bí-bíp!*'

Preabann Duxbury láithreach ar chloisteáil
theacht isteach na teachtaireachta dó. Ar ndóigh,
tá an fón póca ina shuí ar a dheascsa i bhfoisceacht
cúig nó sé orlach dá chluas. Dúisíonn Schwartz
de chasadh boise chomh maith, agus í géar-
mheabhrach ar an bpointe. Cloistear mion-
ghnúsacht as Amanda Jennings ar bharr na deisce
agus is moille í sin ag teacht chuici féin ná a beirt
chomhoibrithe. Ach, maidir le Marty Clutz, níl
oiread agus cor as.

"*Text!*" arsa Duxbury, agus breathnaíonn sé ar

[68] an mbeirt eile atá dúisithe.

"*Yep, heard it!,*" arsa Schwartz.

"*Yeah, heard it too,*" arsa Jennings, agus déanann sí méanfach mhór fhada ag fógairt a tuirse i gcónaí.

Leis sin, breathnaíonn siad triúr i dtreo Mharty Clutz agus pléascann siad amach ag gáire.

"*If Johnson were to see him now, Marty would never live this one down, and that's for sure,*" arsa Duxbury.

"*Yep, you can say that again,*" arsa Schwartz. "*Still, where would we be on this one only for the work he put in on it last night? Johnson just hasn't gotta clue what a brilliant guy he's got on this team.*"

Bhí Marty tar éis lá mór oibre a chur dó ar feadh an lae roimhe sin, agus nithe faighte amach aige nach mbeadh éinne eile den fhoireann in ann a dhéanamh amach. Dar leis, bhí bunús teangan le sonrú ar chuid den chód, ach níor theastaigh uaidh aon rud deimhnitheach a rá go ceann tamaill. Shíl sé go mb'fhéidir go mbeadh sé níos cinntí dá mbeadh téacs samplach nó dhó eile aige.

Ach, anuas air sin, bhí dul chun cinn maith déanta ag Duxbury agus Jennings ar an Satharn chomh maith. Bhí tús oibre déanta acu maidir le lorgaireacht

na huimhreach rúnda trí'n saitilít. Is é an dúshlán atá [69]
rompu anois ná an t-eolas atá carnaithe ag Duxbury
agus Jennings a cheangal leis an eolas atá bailithe ag
Schwartz agus Clutz.

*"Yeah, our Martin John Alphonsus Clutz is a
funny old genius of a guy when it boils down to it in the
end,"* arsa Jennings. *"Let's leave him as he is for now – eh?"*

"Sure thing! Sounds good to me," arsa Duxbury,
agus breathnaíonn sé ar fhuinneoigín an fhóin.

"Okay, then, let's see Osama's most recent offering,"
arsa Schwartz.

"Alrighty!" arsa Duxbury. *"Here you go, Amanda.
Screen B is probably best again this time round."*

Glacann Jennings an fón uaidh agus déanann
mar is gá leis agus, in imeacht triocha soicind, tá sé le
feiceáil ag an triúr acu ar an scáileán:

*'Bhl, Obama, mar is eol dt go mth, ní spéis lmsa
rud ar bith ach an Bomb-blaster. Boom! – Osama.'*

Tá tamall beag de chiúnas ann agus an triúr
ag breathnú ar an téacs úr seo nuair a labhraíonn
Duxbury.

"Okay," ar sé, *"I guess we're all seeing the same
things here. 'Obama', 'Osama' – nothing new in either*

of these – but the obvious one is the reference to 'Bomb-blaster', right?"

"Right!" arsa Schwartz. *"He seems to be stepping up the threat in a very real way in this one. By using an obvious English word like that, he seems to want to make sure that we here are taking him seriously."*

"Yeah," arsa Jennings, agus í go hiomlán ina dúiseacht ag an bpointe seo, *"and that really sinister 'Boom' to finish things off!"*

"Yep! There's no doubting that he's stepping things up a gear with this one," arsa Duxbury. *"Okay! I say we leave it for now and get another couple of hours shut-eye,"* ar sé. *"Then we can get Marty in on the action again and try to draw some common strands between code breakdown and traceability. Hands up all in favour?"*

Ardaíonn Duxbury féin a lámh dheas agus é á rá seo. Agus ardaíonn an bheirt bhan a lámha chomh maith chun tabhairt le fios go n-aontaíonn siad leis an socrú seo. Ansin íslíonn an triúr a gcloigne ar a ndeasca chun dreas beag eile codlata a dhéanamh.

6 MNO

#@<+

Tá gach aon bhall den fhoireann ag obair le breis agus leathuair an chloig anuas nuair a shiúlann Myles Johnson go gusmhar isteach san oifig. Tá sé beag beann ar fad ar mhéid na hoibre atá déanta ag an gceathrar foirne ó d'fhág sé ina dhiaidh iad go luath iarnóin ar an Satharn.

"Mornin', y'all," ar sé, gan oiread agus breathnú ar dhuine ar bith díobh, agus déanann sé caol díreach ar an meaisín caifé atá ag ceann eile na hoifige.

"Mornin', sir," arsa an ceathrar d'aon ghuth. Breathnaíonn siad ar a chéile agus ardaíonn a súile chun na flaithis i ngan fhios don Seonstanach. Ní maith leo an nós maidine seo atá aige scuabadh isteach san oifig gan breathnú ar aon duine ar leith agus gan beannú d'aon duine ar leith.

Nóiméad nó dhó don Seonstanach ag réiteach caifé dó féin nuair a chasann sé i dtreo an chriú. *"Y'all had a good weekend, then – yeah?"* ar sé, agus

gan aon suim aige i bhfreagra ar bith a thabharfaí ar an [75]
gceist. Gluaiseann sé i dtreo a dheasc, plabann a thóin
bhreá Ghaelach (bhuel, Mheiriceánach) anuas ar an
gcathaoir agus leanann dá chaint: *"Man, you would not
believe the fantastic weekend I have just had!"*

Cuireann aineolas agus leithleachas Johnson
as don fhoireann ach, ar ndóigh, níl mórán ar féidir
leo a dhéanamh faoi. Bheadh faitíos orthu rud ar
bith a rá leis faoi toisc gurb eisean an boss. Ach is
frustrachas mór dóibh é a bheith ag éisteacht leis
tar éis dóibhsean a bheith ag obair lá agus oíche ar
feadh an deireadh seachtaine. É ar a ghnáthphort
faoi 'mise, mise, mise'. Ach, an mhaidin seo, tá an
frustrachas leis níos láidre fós i Marty Clutz ná in
aon duine den triúr eile.

*"After I left here early Saturday afternoon, we
hitched up the kayaks and headed north for the Rocky
River rapids, just south of Philadelph–"*

"Begging your pardon, sir," arsa Marty,
agus é ag gearradh isteach ar bhaothchaint an
tSeonstanaigh, *"but we've had us a kinda interestin'
weekend's work goin' on here too, while you've been
away enjoying yourself."*

Tá ciúnas iomlán san oifig anois. Tá an ciúnas chomh mór sin go gcloisfeá é ar an taobh eile den domhan, shílfeá. Tá iontas ar chomrádaithe Mharty go bhfuil sé tar éis labhairt amach mar seo. Ach is mó iontais atá ar Johnson féin ná ar dhuine ar bith eile.

"Clutz!?" arsa Johnson, agus tuin chainte air a léiríonn meascán den searbhas agus den lámh láidir. Ach níl aon fhonn ar Mharty géilleadh do lámh láidir an tSeonstanaigh a thuilleadh agus beartaíonn sé neamhaird a dhéanamh d'iarracht Johnson ar é a chur síos.

"Yes, sir, one helluva 'n interesting weekend here, during which we think we have made huge advances with this Osama thing," arsa Marty.

Tugann caint seo Mharty misneach don triúr eile agus tuigeann siad don chéad uair riamh go bhfuil bealaí ann chun Myles Johnson a láimhseáil. I ngan fhios dá chéile, beartaíonn gach aon duine den triúr cur le caint Chlutz.

"Yes, sir," arsa Duxbury, *"we think that Clutz and Schwartz have made substantial progress on the decoding front."*

"Yes, sir, substantial progress," arsa Roberta [77]
Schwartz, agus misneach aicise anois chomh maith.

Breathnaíonn Johnson ar Duxbury, ansin ar
Schwartz agus ina dhiaidh sin arís ar Chlutz. Ina
intinn féin, ní maith leis nach eisean atá in uachtar
anseo. Ní maith leis gur cuireadh isteach ar a insint
leithleasach ar an deireadh seachtaine iontach a
bhí aige féin. Ach níl an dá shoicind smaoinimh
aige nuair a labhraíonn Amanda Jennings ar shála
na beirte eile. *"And Duxbury and I are also making
progress on the traceability front,"* ar sí.

"Yes, sir," arsa Duxbury.

Tá cloigeann Johnson ar nós chloigeann circe
sa chlós feirme – é á chasadh as seo go siúd go heile,
de réir mar a thagann na píosaí cainte ina threo. É
díreach ar tí rud éigin a rá nuair a bhuaileann Clutz
buille eile air lena chaint:

*"Let's all gather in here and we can brief you
fully on the weekend's developments, sir,"* arsa Marty,
agus gluaiseann siad uile go dtí ionad lárnach an
tseomra. Croitheann Johnson é féin rud beag agus
tagann sé chun suí leis an gcuid eile ag an mbord
ciorclach i gceartlár na hoifige.

[78]   *"If you would, please, Amanda,"* arsa Marty
le Jennings, agus sméideann sé a cheann uirthi ag
tabhairt le fios di na teachtaireachtaí uile a theilgean
ar Scáileán B.

I bhfaiteadh na súl, déanann Amanda mar is gá.
Clic ar an teilgeoir agus feictear na teachtaireachtaí
uile in airde ar an scáileán. Agus tá gach aon
teachtaireacht uimhrithe agus dátaithe ag Jennings.

1. Saturday, March 12th: '*Ola, Obama nó Ubama!*
Mé féin 'nseo, dude. Fón nua agm. Cead agm 1 téacs
in aghdh an lae a chr. Súil agm go bhfl rdaí go mth
ltsa. Mo bhrthlá inniu. Tá mé cho sean ltsa 'nois – tí-
hí! Brcfsta mór spslta rmhm thíos stghre. Bdh mé ag
cnt lt go luath 'rís – Osama.'

2. Saturday, March 12th: '*Bhl, Obama, nch tú an*
diabhal amch 's amch, agus tú ag lgn ort nch bhfl a
fhs agt cé mé fn! Nch intch é a bhth in ann tcsnna a
chr! Mé rímédch ls an bhfón nua – mé ag pléascadh le
háths. Tá sé dinimít ar fad. Mo 2 thcs le hghdh an lae
inniu crtha agm. Fan i dtgmháil lm – Osama.'

3. Sunday, March 13th: 'Bhl, Obama, mar is eol dt go [79] *mth, ní spéis lmsa rud ar bith ach an **Bomb-blaster.** **Boom!** – Osama.'*

Tá gach aon bhall den fhoireann, seachas Johnson, eolasach cheana féin ar a bhfuil le teacht. Ar ndóigh, tá siad eolasach air mar go raibh siadsan ag obair ar an ábhar thar an deireadh seachtaine. Tá Johnson féin ina bhalbhán agus é ag breathnú ar na téacsanna. Níl tuairim dá laghad aigese cén bunús atá leis na boscaí liatha ar chuid de na focail sa dara agus tríú téacs. Agus, maidir leis an tríú téacs féin, níl sin fiú feicthe aige ar chor ar bith go dtí anois díreach. Tá sé ar tí ceist a chur nuair a labhraíonn Duxbury roimhe: *"Okay, folks!"* ar sé. *"Well, as we all know, we've been workin' our butts off all weekend on two issues here: one is the decoding matter, the other is the matter of traceability."*

Stopann Duxbury dá chaint soicind agus breathnaíonn sé ar an Seonstanach atá trasna an bhoird uaidh. *"I should tell you at the outset, Chief Johnson, that we feel we have made great inroads where both of these issues are concerned."*

"Aha!" arsa Johnson.

Agus, sula bhfaigheann sé deis a thuilleadh a rá, leanann Duxbury air. *"So, Marty, I guess it's over to you on this one."*

"Thanks, Cranston," arsa Marty, agus seasann sé chun a chur i láthair a dhéanamh. Is aisteach an rud é ach tá sé le feiceáil ar Mharty go bhfuil sé anois i bhfad níos féin-mhuiníní i láthair Johnson ná mar is gnách dó a bheith.

"Okay then, Chief Johnson, fellow agents," arsa Marty, agus umhlaíonn sé rud beag lena chomhoibritheoirí, *"I'll try to be as brief as possible."* Casann sé ansin chun aghaidh a thabhairt ar na teachtaireachtaí. *"So far, we have received three pieces of correspondence from our texter, 1, 2 and 3, as seen here on the screen."* Agus é á rá sin, síneann sé barr na snáthaide treorach leis na huimhreacha, ceann ar cheann. *"Two of these, you have already seen, Chief Johnson. The third will be new to you, as it came through in your absence yesterday morning."*

Is léir ar Johnson go bhfuil siar bainte as toisc chomh héifeachtach is atá Marty Clutz ina chur i láthair cheana féin. Sméideann sé a cheann ar

Mharty chun tabhairt le fios dó go dtuigeann sé gur
teachtaireacht nua é an tríú ceann seo nach bhfuil
feicthe aige cheana.

"I am going to focus on messages 2 and 3 here,
sir," arsa Marty, agus é ag díriú na cainte ar Johnson
go príomha. *"In message 2, we have a number of words*
which appear to be what we are terming 'complete
words'. These, as you can see, are highlighted in grey:
one in Line 2, one in Line 4 and one in Line 5," ar sé,
agus arís eile leagann sé bior na snáthaide treorach
ar chaon cheann de na focail.

Cé go bhfuil léargas air seo uile tugtha ag
Marty do thriúr eile na hoifige cheana féin, tá sé á
thabhairt anois go speisialta le go dtuige Johnson a
bhfuil faighte amach acu.

"Now, we're looking at the words 'diabhal',
'pléascadh' and 'dinimít', okay? So, let's take 'diabhal',
and if you like, sir, you can note down some of what I
am explaining."

Láithreach bonn, ardaíonn Johnson peann
luaidhe den chóipleabhar atá ar an deasc os a
chomhair agus crochann os cionn an leathanaigh é.

"Consider, sir, the word D-I-A-B-L-O from

Spanish or the word D-I-A-B-L-E from French," arsa Marty, agus litríonn sé amach an dá fhocal díreach mar a dhéanann Johnson ar uaireanta le focail áirithe. Breathnaíonn Duxbury, Schwartz agus Jennings ar a chéile nuair a dhéanann Marty na focail a litriú amach agus déanann siad miongháire faoi sin. Tá Johnson féin beag beann ar ábhar grinn na ngníomhairí. Breacann seisean síos na focail de réir mar a dhéanann Marty iad a litriú.

"I have done a trace on these, sir, and I have found that these two versions of the same word have come from the Late Latin form 'diabolus' and, before that, from an older Greek form 'diabolos,' each meaning 'devil'."

Suíonn Johnson suas díreach ina chathaoir nuair a chloiseann sé an focal *'devil'* as béal Mharty Clutz.

"Well, sir, I am fairly certain that the word 'diabhal' is the exact same word in some other language."

"Right!" arsa Johnson, agus gan a fhios aige céard eile is féidir leis a rá. Is léir dó go bhfuil i bhfad an iomarca ar eolas ag Marty Clutz sa chás seo cheana féin le gur féidir leis beag is fiú a dhéanamh de ar an mbealach is nós leis de ghnáth.

"And now we come to 'pléascadh', which I have

already found to be related to the Latin word 'explodere', [83] meaning 'to explode' or 'to clap loudly'. If you eliminate the sometimes separate word 'ex' from 'explodere', sir, you will see the similarity between the 'pl' of 'plodere' and the 'pl' of 'pléascadh' – both meaning 'explode'.

Bogann Johnson go míchompordach ina shuíochán nuair a chloiseann sé an focal *'explode'*, ansin druideann sé ar aghaidh píosa agus cuireann a dhá uillinn anuas ar bharr an bhoird.

"This is good stuff, Clutz. Go on, go on," ar sé.

I ngan fhios do Johnson ná do Mharty, tá an triúr eile ag breathnú ar a chéile agus iad ag déanamh iontais de na focail mholtacha seo i leith Marty as béal Johnson.

"And that, sir," arsa Marty, agus is léir an fhéinmhuinín anois air, *"leaves the third word 'dinimít'.* Stopann Marty dá chaint ar feadh roinnt soicindí. Tá a fhios aige go bhfuil Johnson i ngreim docht anois aige.

"Right on, Clutz! Let's have it, man, let's have it," arsa an Seonstanach. Agus b'in é go díreach an rud a theastaigh ó Mharty a chloisteáil as béal a bhoss.

"*Well,*" arsa Marty, "*given the appearance of the word in question, it will come as no surprise to any of you to hear that this comes from the 19th Century word 'dynamite', first coined by none other than our old friend Mr. Alfred Nobel.*"

"*Alfred Nobel!*" arsa Johnson. "*I know that name, I know that name!*"

"*Yes, sir,*" arsa Duxbury, "*Nobel, the physicist! Alfred Nobel, as in Nobel Prize.*"

"*Right, right, got ya! Yeah, he's the guy who gives out those prizes every year, right?*"

Breathnaíonn an ceathrar ghníomhairí ar a chéile soicind nó dhó, ardaíonn a súile i dtreo na síleála, ansin deireann d'aon ghuth: "*Yeah, right, sir.*"

"*So, here in one text we have three words meaning 'devil', 'explode' and 'dynamite' – the connection is obvious,*" arsa Marty.

"*Exactly what I have been thinking myself, Clutz,*" arsa Johnson, agus cheana féin tá dearmad iomlán déanta aige nach mbeadh tuairim dá laghad aige ina thaobh seo murach an míniú atá tugtha ag Marty ar an gcás. Breathnaíonn an ceathrar ar Johnson agus tuigeann sé féin anois, fiú, nach bhfuil aon seasamh aige leis seo.

"*Well, what I mean,*" arsa Johnson, "*is that I agree with what you're saying here, Clutz.*"

Fós eile, breathnaíonn an ceathrar air agus airíonn Johnson brú air féin níos mó ná sin a rá. "*Like, yeah, this is good stuff, good stuff,*" ar sé. Ansin: "*Okay, Clutz, well done, well done, man. Now, what about the rest?*"

Agus tá a fhios ag an gceathrar gurb í seo an chéad uair riamh do Johnson a thabhairt le fios go bhfuil duine ar bith chun tosaigh air. Súnn Marty na focail '*good stuff, good stuff*' agus '*well done, well done, man*' isteach ina chroí. Ansin, fanann sé roinnt soicindí eile sula labhraíonn sé arís.

"*So, then,*" arsa Marty, "*in the next text, we get the double whammy 'Bomb-blaster' and 'Boom!'*"

"*So, he's really stepping it up, right?*" arsa Johnson.

"*You got it, Chief,*" arsa Marty . "*Now, sir, with your permission, of course, Agent Schwartz and I would like to work some more on what the possible language may be. We're already closing in on a language type, but we just want to be sure before saying anything more at this stage.*"

"Hell, man, go for it." arsa Johnson. *"Permission granted."*

Leis sin, imíonn Marty agus Roberta go cearn eile den oifig agus suíonn chun oibre. Ag an am céanna, seasann Duxbury isteach in ionad Mharty os comhair an scáileáin agus é réidh chun a bhfuil faighte amach aige féin agus Jennings a chur ar shúile Johnson.

"Okay, Amanda," arsa Duxbury, agus sméideann sé ar a pháirtí oibre chun íomhánna úra a theilgean ar scáileán B na hoifige. Ní túisce na focail as a bhéal nó go bhfuil sin déanta ag Jennings.

"Right, sir," arsa Duxbury le Johnson, *"on screen here we have our attempted traceability routes. As you can see from Listing A, all Arab country tracings yield a Negative. Again, Listing B shows a Negative for all of Asia. Listing C shows no southern hemispheric link, i.e. Negative. D, which is our internal search within the whole North American continent also comes up as Negative. All of which leaves us with the general region of Europe."*

Tá meabhair Johnson ag iarraidh coinneáil suas leis an eolas uile atá á chaitheamh leis. Tá sé

géar a dhóthain agus tá éirithe leis na háiteanna   [87]
nach bhfuil aon toradh dearfach orthu a chur as an
áireamh.

"*Okay, I got it,*" arsa Johnson, "*so, we're basically talking Europe, right?*"

"*Right, sir, and wrong, sir,*" arsa Duxbury.

Tá Johnson díreach ag aireachtáil an-sásta leis féin nuair a chloiseann sé an '*right, sir*' úd as béal Duxbury, ach baintear siar as leis an '*wrong, sir*' a tháinig díreach ina dhiaidh.

"'*Right, sir*', *in a general European sense, but* '*wrong, sir*', *in a specific European sense.*"

Tá Johnson bocht caillte leis seo ar fad anois. Ach, ar ndóigh, ba eisean an duine a ghlac an deireadh seachtaine saor nuair a bhí an ceathrar eile ag caitheamh allais leis na hiarrachtaí seo. Murach sin, seans gur fearr an tuiscint a bheadh aige.

"*You've lost me, Duxbury. Explain, please,*" arsa Johnson.

Casann cloigne na ngníomhairí eile ar an bpointe ar chloisteáil an fhocail '*please*' as béal Johnson dóibh. Níor shamhlaigh aon duine acu riamh go gcloisfí an focal céanna uaidh.

"Our general trace, Chief Johnson, tells us that our texter is not based anywhere in mainland Europe, whether north, south, east or west," arsa Duxbury.

Tá cuma mhearbhallach ar aghaidh Johnson arna chloisteáil seo dó. *"Now, you haaaaave lost me, Duxbury,"* ar sé.

"Our specific trace, however," arsa Duxbury, *"does tell us that our texter is somewhere on one or other of the islands of Great Britain or Ireland."*

"Great Britain or Ireland! Well, which one is it, Duxbury?"

"That, sir, is where we hit the stone wall. Because Osama is using text only, the technology is not sophisticated enough to narrow it down any further."

Tuigeann Duxbury agus na gníomhairí eile an rud is gá a bheith ann chun go n-aimseoidis lorg ar an téacsálaí. Ach ní deireann siad tada, féachaint an dtiocfaidh an smaoineamh céanna chuig Johnson.

"I don't get it," arsa Johnson.

"Sir," arsa Duxbury, *"the only possibility of getting a reliable trace is through an actual phone call."*

"Well, let's phone the goddam son of a –"

"Not possible, sir," arsa Jennings, agus í ag cur

isteach ar chaint an tSeonstanaigh. *"Number blocked* [89] *– remember?"*

"Amanda is right, sir," arsa Duxbury. *"We cannot access the texter because of the Number Block that is activated. The only possible hope we have is that, for some most unlikely reason, the texter might ring us."*

"Chances of that, Duxbury?" arsa Johnson

"Slim to none, sir."

Leis sin, breathnaíonn Duxbury i dtreo Jennings arís. *"Okay, Amanda, you can shut down the visuals for now,"* ar sé.

Go ceann píosa ina dhiaidh sin tá ciúnas san oifig agus iad go léir ag obair leo. Tar éis don ghealadh a bhí faoin eolas a bhí ag Clutz agus Schwartz ar ball beag, tá titim spioraid ann toisc an deacracht in aimsiú ionad an téacsálaí.

"Dunkin' Donuts!" arsa Roberta Schwartz. *"Who's for a Dunkin' Donuts and coffee takeaway?"*

Ardaíonn gach aon duine díobh – fiú Johnson – a lámha agus fógraíonn a roghanna de na cineálacha dónut agus caife is ansa leo. Tá sé de chiall ag Johnson an uair seo gan chur i gcoinne Schwartz a bheith ag dul amach chun na sóláistí sin

[90] a cheannach. Bailíonn sí léi agus cromann an chuid eile ar an obair arís eile.

"*How are you comin' along there, Marty?*" a fhiafraíonn Jennings ó cheann eile na hoifige.

"*I think I've nearly got somethin' here,*" arsa Marty. "*Just a little while more and I will know for sure.*"

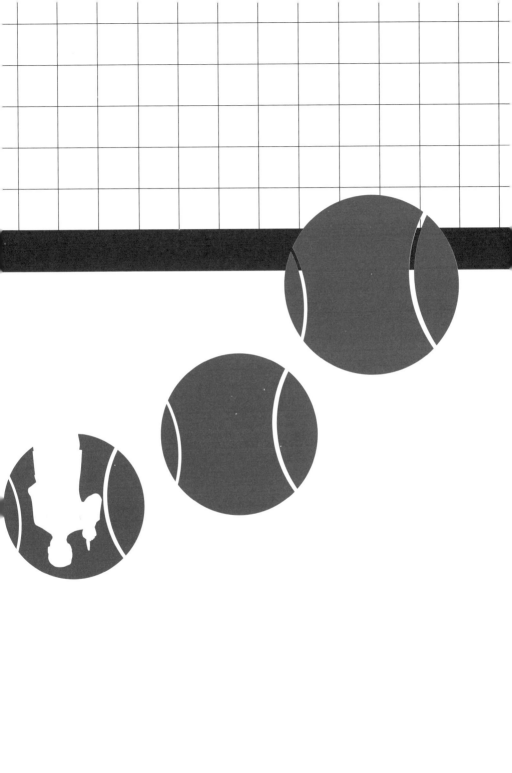

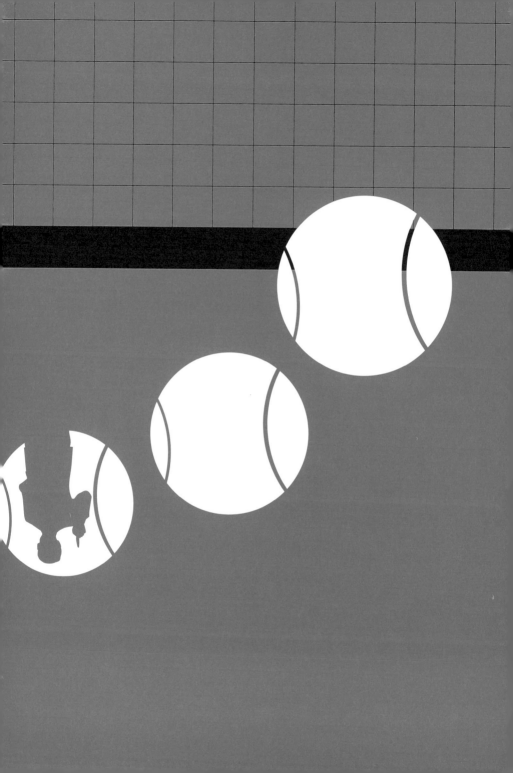

7 PQRS

Tráthnóna Dé Luain agus casann Naoise isteach geata an tí. Tá a fhios aige go mbeidh Mam ann roimhe mar go mbíonn leathlá ón obair aici ar an Luan. Isteach doras cúil an tí leis.

"A Naoise, a stóirín," arsa Mam, agus beireann sí barróg mhór air, mar a dhéanann sí i gcónaí. "Cén chaoi a raibh an lá agatsa, a bhuachaillín liom?"

"Bhuel, a Mham, thosaigh sé go dona," ar sé, agus é ag leagan a mhála scoile uaidh i gcúinne na cistine. "Bhí fíor-dhrochspin ar an máistir i dtús an lae."

"Mar sin é!" arsa Mam.

"Sea, bhí. Ach d'athraigh sin ar fad faoi lár na maidine nuair a tháinig cárta buíochais chuig an rang ó Oxfam."

"Ó, faoin mbailiúchán ranga a rinne sibh dóibh níos luaithe sa bhliain, an ea?" arsa Mam.

"É sin go díreach, a Mham. Dúirt siad ar an gcárta go bhfuil muid go hiontach agus gur sinne an rang is fearr sa tír maidir le hairgead a bhailiú dóibh."

"Bhuel, nach iontach sin! Déarfainn gur chuir sin an-ghiúmar ar an múinteoir."

"Is cinnte gur chuir, a Mham. Bhí sé chomh [95]
sásta sin faoi gur fhág sé saor ón obair bhaile sinn."

"Agus é sin tuillte agaibh, go deimhin," arsa
Mam. "Ach seo, ós ag caint ar chárta atá tú – tháinig
cárta ó Aintín Emer sa phost inniu duit. Tá sé ar an
matal sa seomra suí. Aithním ar an scríobh gurb í
atá ann."

Isteach sa seomra suí le Naoise de rúid agus
aimsíonn sé an cárta. Osclaíonn sé an clúdach de
dheifir, ansin ciúnaíonn cúpla soicind chun breathnú
ar a bhfuil ann, ansin: "Yahúúúúúúúúúúúú!" ar sé in
ard a ghutha. Deifríonn sé ar ais i dtreo na cistine
agus cúpla rud ina dheasóg aige. "Féach! Féach, a
Mham, a bhfuil curtha ag Aintín Emer chugam le
haghaidh mo bhreithlá."

Tógann Mam uaidh a bhfuil á shíneadh aige
léi agus breathnaíonn soicind.

"Bhuel, ná habair! Dearbhán eile *Top-up* ar
€20! Agus céard seo?" ar sí, agus an dara rud a bhí
tugtha ag Naoise di á oscailt aici. "Ó, nach í d'Aintín
Emer atá go maith duit!" ar sí. "Ticéad clainne le dul
go dtí Zú Bhaile Átha Cliath! Bhuel, bhuel! Anois,
a Naoise, caithfidh tú glaoch a chur uirthi nuair a

shroiseann sí baile ón obair anocht agus buíochas a ghabháil léi."

"Déanfaidh mé sin, a Mham. Ach, a Mham, an é sin mo ghlaoch lae ar an bhfón póca nó an féidir an glaoch sin a chur ar an bhfón tí?"

"Ó, ar an bhfón tí, a stóirín, cinnte!"

"Ionnnnnnnnnntach!" arsa, Naoise. "Ciallaíonn sin, más ea, go mbeidh mo ghlaoch laethúil ar an bhfón póca fós agam," ar sé, go ríméadach. "Agus, anois go bhfuil €20 breise sa bhfón agam …" agus stopann sé agus ní deireann a thuilleadh."

"Sea?" arsa Mam. "Anois go bhfuil €20 breise agat … céard?"

"Ó, anois go bhfuil €20 breise agam … tá mé rud beag níos saibhre ná mar a bhí."

Breathnaíonn Mam air agus feiceann sí loinnir sa tsúil air. Ach tá a fhios aici nach aon diabhlaíocht atá taobh thiar den loinnir chéanna, mar tuigeann sí gur leaidín maith groíúil é Naoise. Ligeann sí miongháire leis agus ní chuireann a thuilleadh ceisteanna. "Seo-seo, bíodh rud beag le n-ithe againn," ar sí …

#@<+>&?^... Washington D.C., Maidin Luain,* *11.37 a.m., am Mheiriceá:*

"Bingo! Got it!" arsa Marty Clutz, agus fágann sé féin agus Roberta Schwartz an deasc ag a bhfuil siad agus gluaiseann go ceartlár na hoifige.

"All in," arsa Johnson, agus sméideann sé ar Duxbury agus Jennings teacht go lár na hoifige chomh maith. *"Whatcha got for us, then, Clutz?"* a fhiafraíonn an Seonstanach. Iad uile ina suí timpeall ar an mbord anois agus spréann an Clutzach na leathanaigh a bhí á n-iompar aige amach os a chomhair féin ar chlár an tábla.

"Some definite progress here, guys," arsa Marty. *"Okay, we've narrowed it down even more. Any of you familiar with the Gaelic languages?"*

Ar ndóigh, cheana féin, tá a fhios ag Schwartz, atá mar pháirtí oibre ag Clutz, a bhfuil i gceist ag Marty le *'Gaelic languages'.*

"Yeah," arsa Duxbury, *"my kid, Virgil, did some schooling through Gaelic when I was based in the Dublin embassy. I don't know nothin' about it 'cept that he used to call it somethin' like 'galeka'."*

"Gaeilge?" arsa Marty.

"Yeah, that's it, man. That's it!"

Ach is léir ar aoibheanna Johnson agus Jennings nach bhfuil aon eolas acusan ar *'galeka'*, *'Gaeilge'*, *'garlic'* nó *'gobbledygook'* de chineál ar bith.

"Okay, then, I don't want to be too technical but just let me give y'all a little background here," arsa Marty. Agus, leis sin, díríonn sé aird an chomhluadair ar na leathanaigh atá spréite amach os a gcomhar. *"We got us two main strands of Celtic Gaelic languages. We got us one type called P-Celtic and a second type called Q-Celtic."*

Cheana féin, tá cloigne an chomhluadair ag dul siar 's aniar, siar 's aniar, mórán mar a bheadh an slua ag cluiche leadóige.

"P-Celtic and Q-Celtic!" arsa Johnson. *"What the hell!?"*

"Yes, sir," arsa Marty. *"Just let me explain a little more. You see, whether P-Celtic or Q-Celtic, they are all small, minority languages, all spoken in countries where there is a bigger and more commonly spoken language – usually English."*

(CLUTZ 15; JOHNSON 0)

Tá Johnson ag éisteacht leis seo uile agus,

cheana féin, tá sé ag iarraidh tabhairt le fios go

bhfuil sé chun tosaigh ar Mharty arís.

"Yep, I had guessed it already. We're talkin' England here, right?" ar sé, agus sánn sé a chloigeann ar aghaidh go maíteach leis an gcuid eile.

(CLUTZ 15; JOHNSON 15)

"Well, sir," arsa Marty, *"if you will excuse my correcting you on that point, we are not talking England here."*

Tá cloigeann an tSeonstanaigh le feiceáil á tharraingt siar aige ar a chloisteáil sin dó agus déanann na gníomhairí an fonn gáire atá orthu a cheilt.

"We're not!" arsa an Seonstanach.

"No, sir, we are not. We are decidedly talking either Scotland or Ireland."

(CLUTZ 30; JOHNSON 15)

Ach ní túisce sin as a bhéal ag Marty nuair a ritheann sé le Johnson gur chuala seisean rud éigin ó dhuine éigin in áit éigin ag am éigin faoi theanga éigin *(phew!)* ar a thugtar An Bhreathnais.

"Yes, Clutz! But I think that you will find that you are making one major mistake in omitting the Welsh language from the picture," arsa Johnson,

[100] agus arís tá a chloigeann sáite ar aghaidh go poimpéiseach i dtreo na ngníomhairí aige.

(CLUTZ 30; JOHNSON 30)

Tá cúlú ar fhonn gáire na ngníomhairí. Is beag nó is féidir leo cloigeann Johnson a fheiceáil ag méadú ina láthar. Agus, go deimhin, tá cuma na buachana ar Johnson nó go labhraíonn Marty arís.

"I can understand where you're coming from, Chief Johnson," – agus anois is mó fós é an sotal atá le sonrú ar aghaidh Johnson – *"except that what I have not yet told you is that we are dealing here definitely with a Q-Celtic Gaelic message,"* arsa Marty.

(CLUTZ 40; JOHNSON 30)

"So, Clutz?" arsa Johnson.

"So, sir," arsa Marty, *"Welsh happens to be of the P-Celtic variety, not Q-Celtic."*

(CLUTZ 50; JOHNSON 30.

AGUS TÁ AN BUA AG CLUTZ)

Breathnaíonn na gníomhairí ar Johnson arís. Is beag nó is féidir leo a chloigeann a fheiceáil ag cúngú ina láthar leis an ropadh atá tugtha ag focail Mharty dó. Tá fonn orthu bualadh bos a thabhairt do Mharty ach seachnaíonn siad sin a dhéanamh. Ach, istigh i

gcúinní rúnda a gcroíthe, tá gliondar orthu go bhfuil an [101]
lámh in uachtar faighte ag Marty ar an Seonstanach.

An Chistin. Tigh Naoise, Baile Átha Cliath,
5.01 p.m., am na hÉireann:

"Mar sin, a Mham," arsa Naoise, "leis an
€20 breise atá faighte agamsa ó Aintín Emer,
d'fhéadfainn glaoch a chur ar Virgil i Meiriceá ar
m'fhón póca?"

"Bhuel, d'fhéadfá, ar ndóigh, a stóirín, ach
cuimhnigh nach fada a mhairfeadh creidmheas
an dearbháin dá nglaofá ar Mheiriceá. Níl sé ach
nóiméad i ndiaidh a cúig a chlog anois agus bheifeá
ar an ráta lae, bíodh a fhios agat. An ráta is airde, a
Naoise!"

"Tá a fhios agam sin, a Mham."

"Sea, ach cuimhnigh chomh maith go mbeidh
tú ansin gan aon chreidmheas i d'fhón póca agat go
dtí an uair a mbeidh dóthain airgid arís agat chun an
Top-up a cheannach." Breathnaíonn Mam ar Naoise
féachaint conas mar a luíonn an scéal sin leis. "Agus
cuimhnigh anois ar an socrú atá déanta agat le Daid
ina thaobh sin," ar sí.

Déanann an buachaillín machnamh dian air sin ar feadh roinnt soicindí.

"Is fiú é, a Mham," ar sé ansin. "Tá mé chun glaoch a chur ar Virgil. Tá cead agam, nach bhfuil?"

"Bhuel, cinnte, a stór, tá cead agat, ach tuigeann tú na coinníollacha atá ag dul leis?"

"Tuigim na coinníollacha, a Mham, tuigim," arsa Naoise.

"Maith go leor, más ea. Suas staighre leat go dtí do sheomra codlata, mar sin, agus déan ar do shuaimhneas ansin é." Agus, leis sin, bailíonn Naoise leis as an gcistin agus tugann aghaidh ar an staighre.

#@<+*>&?^... Washington D.C., 12.04 p.m., am Mheiriceá:

"Excellent, Marty! Really excellent!" arsa Cranston Duxbury, agus é ag leanacht den chomhrá san oifig. *"So, we're really closing in on our texter."*

"Yes, Cranston, that's the good news," arsa Marty. *"The bad news is that that's about as close as we can get for as long as he uses text only. The technology just won't get it any tighter for us unless ..."* agus stadann Marty dá chaint.

"Yes, Clutz, unless what, man?" arsa Johnson,
agus é ag gliúcaíl isteach in aghaidh Mharty.

"Unless, of course, our texter were to phone us,"
arsa Marty, agus an lagmhisneach le sonrú ar a ghlór.

Tá an sotal le feiceáil ag éirí ar éadan Johnson
arís. Ina chroí istigh tá sé sásta, ar bhealach, nach
n-éireoidh le Marty san iarracht ar deireadh thiar
thall. Tá sé fós ar buile gur éirigh leis an Clutzach
an lámh in uachtar a fháil air sa chluiche 'leadóg
intinne' a bhí eatarthu ar ball beag. Agus tá a fhios
aige, thar aon ní eile, nach bhfuil seans ar domhan
go nglaofaidh an téacsadóir orthu …

"Yeah, right Clutz! Like, he's gonna phone
us, right! Dream on, man!" arsa Johnson go
searbhasach, agus meangadh gáire ar a bhéal aige.
Ach ní túisce na focail as a bhéal nó buaileann
an fón póca is rúnda i Stáit Aontaithe Mheiriceá.
Ton-ghlaoch domhain ceolmhar atá ann, ansin
cloistear an chéad dá fhocal den amhrán *'America,*
America' á gcanadh cúpla uair as a chéile. Preabann
comhluadar na hoifige nuair a chloiseann siad seo
agus breathnaíonn siad i dtreo an fhóin atá ar an
deasc i lár an tseomra. Cúlaíonn Johnson uaidh,

amhail is go bhfuil sé ag súil leis go bpléascfaidh an fón ar an láthair. Tá gathanna soilseacha ina ndearga agus ina ngorma á spré as fuinneoigín an fhóin, agus iad á méadú agus á gceansú féin i dtiúin le dul an cheoil.

Tá na gníomhairí uile buailte le hiontas. Seachas an *bí-bíp* a fhógraíonn téacs air, níor chuala siad an fón seo riamh á bhualadh cheana. Go deimhin, go bhfios dóibh, níor chuala aon duine é á bhualadh cheana. Tá Johnson gan mhaith leis an siar atá bainte as agus níl aon treoir ag teacht uaidh maidir lena bhfuil le déanamh. Is é Duxbury is fearr a choinníonn guaim air féin.

"*Sir,*" arsa Duxbury le Johnson, agus an fón ag bualadh leis i gcónaí, "*we are awaiting your instruction on what to do.*"

"'*Do*', *Duxbury!?*"

"*Yes, sir. Should we answer the phone?*" arsa Duxbury, agus bogann sé i dtreo na deisce. Feiceann sé an dá fhocal '*NUMBER BLOCKED*' ar fhuinneoigín an fhóin. "*It's reading '*NUMBER BLOCKED*', sir, more than likely means it is our texter.*"

Fós níl gíog as Johnson agus anois tá an fón

ardaithe ina dheasóg ag Duxbury.

"Awaiting instruction, sir?" arsa Duxbury go grod, agus croitheann sin Johnson chun aithne.

"Right, right! Yes, yes, answer. You answer, Spicey," ar sé le Roberta Schwartz, *"and remember, the operation code name is … ehhhh …"*

"Virgil, sir," arsa Clutz, agus é ag cuidiú le Johnson.

Tagann Roberta Schwartz ar aghaidh agus síneann Duxbury an fón chuici. *"Wait a second,"* arsa Duxbury léi, agus casann sé i dtreo Jennings atá fós ar an taobh eile den oifig. *"Amanda,"* ar sé, *"activate the SRT tracer and try to get a location on this. Also, I need you to put on your headphones and activate the audio recorder."* Ansin, casann sé i dtreo Schwartz arís. *"And you try to keep him talking for as long as possible, Roberta. Remember, the longer he stays on line, the greater the possibility of getting a trace on him. Now, go for it."*

Glacann Roberta Schwartz anáil mhór dhomhain isteach ina scámhóga agus brúnn an cnaipe glas ar an bhfón póca. *"Hello, Virgil speaking,"* ar sí.

Tá ciúnas ag ceann eile na líne soicind nó dhó. Ritheann sé le Naoise nach bhfuaimíonn an glór sin cosúil le glór Virgil. Ach ansin, cuimhníonn sé go bhfuil sé tamall de bhlianta ó bhí sé ag caint le Virgil agus go mb'fhéidir go bhfuil a ghlór athraithe rud beag. Chomh maith leis sin, tá a fhios aige go mbíonn cúrsaí leictreonacha ag cur as don fhuaim uaireanta i gcás ghlaochanna tras-Atlantacha.

"Virgil, a bhuachaill, mé féin atá ann – Naoise."

Ar ndóigh, ní féidir le Schwartz ciall a dhéanamh de oiread agus focal amháin de chaint Naoise. Cuireann sí a lámh trasna ar bhéalóg an fhóin agus labhraíonn go híseal lena comhghleacaithe: *"Yep, it's our man, alrighty. He's speaking in a foreign language."*

"Keep him talking, keep him talking, Roberta," arsa Duxbury léi go híseal, agus druideann an ceathrar isteach go ciúin ina timpeall.

"I'm sorry," arsa Schwartz, *"I missed the name. Could you repeat your name again, please?"*

Seo Virgil ag pleidhcíocht leis, mar a dhéanadh sé i gcónaí, dar le Naoise. "Bhuel, nach tú an buachaill báire amach 's amach, a Virgil, huth!"

"More gibberish," arsa Schwartz de chogar lena comhoibritheoirí, agus a lámh trasna ar bhéalóg an fhóin aici den dara huair.

"Osama, anseo, a dhiabhail!" arsa Naoise, agus é ag tuirsiú de ghreann Virgil.

"He said Osama, he said Osama!" arsa Schwartz lena comrádaithe.

"Keep him talking, keep him on the line, Spicey," arsa Johnson, agus é ag teacht chuige féin arís.

"Osama!" ar sí. *"Can you clarify that that is Osama, as in Osama Bin Ladin?"*

Anois, tá a fhios ag Naoise ag ceann eile na líne go bhfuil Virgil ag diabhlaíocht leis amach 's amach agus tá seisean ag éirí imníoch faoi airgead an *Top-up* a bheith á ídiú féin. Beartaíonn sé géilleadh agus labhairt i mBéarla leis.

"Ara, you're a right devil altogether, Virgil! Of course it's Osama. Yeah, your old pal, Osama Bin Ladin, ringing you from Ireland?"

Clúdaíonn Schwartz an bhéalóg arís eile. Tá an fhuil ag pramsach inti lena bhfuil de sceitimíní uirthi. *"It's Bin Ladin. He says he's ringing from Ireland."*

"Yes!" arsa Duxbury. *"Give me five!"* ar sé go híseal, agus casann sé i dtreo Mharty Clutz agus buaileann an bheirt acu bosa ar a chéile.

"And we've got a trace," arsa Amanda Jennings, atá i mbun a cuid oibre-se ó thús an ghlaoigh. Tá ríméad ar na gníomhairí ach tá siad ag iarraidh fanacht ciúin i gcónaí.

"Okay, Roberta, we got him. We got a trace. You can cut the line," arsa Duxbury. Agus tá Schwartz díreach ar tí cnaipe dearg an fhóin phóca a bhrú nuair a thosaíonn Naoise ar a chaint arís.

"An bhfuil a fhios agat seo –" Agus is é díreach i ndiaidh an fhocail 'seo' a bhrúnn Roberta Schwartz an cnaipe agus cuirtear deireadh leis an gcomhrá. Tá an oiread sin cleasaíochta agus rúndachta ag baint leis an nglaoch nach bhfuil a fhios aici an ann nó as di. Agus, anuas air sin anois, tá sé ina fhuilibiliú ceart ina timpeall.

"We got him! We got him!" arsa Duxbury, agus meangadh mór gáire ar a bhéal atá chomh leathan le Cuan na Gaillimhe féin. Agus tagann an ceathrar eile go lár na hoifige, iad ag ligean liúnna astu agus ag breith barróga na lúcháire ar a chéile …

Seomra leapa Naoise, Baile Átha Cliath, 5.09 p.m., [109] *am na hÉireann:*

Trí mhíle míle slí ó Washington D.C. Tá Naoise bocht fágtha ina bhalbhán agus an fón póca ar crochadh ina lámh aige. Is é is dóigh leis féin go bhfuil creidmheas an *Top-up* ídithe agus gurb é sin is cúis le deireadh leis an nglaoch. Airíonn sé nach raibh an líne glé soiléir ar chor ar bith. Go deimhin, bhí sé chomh doiléir sin, dar leis, is go gceapfá gur bean í Virgil ag an gceann eile den líne. Cén dochar, a shíleann sé dó féin. B'fhéidir go raibh an ceart ag Mam agus gur fearr cloí le téacsanna seachas a bheith ag cur glaochanna costasacha nach bhfuil leath-shásúil, fiú. Ar chaoi ar bith, beidh airgead póca na seachtaine aige oíche Aoine agus tig leis an t-iomlán a úsáid chun creidmheas fóin a cheannach, más mian leis sin.

#@<+>&?^... Washington D.C., 12.09 p.m., am Mheiriceá:*

"The tracer has given us a direct reading on the Northside of Dublin City, Ireland," arsa Jennings, agus í ag baint na gcluasán dá cluasa agus ag suí

[110] siar ón meaisín rianadóireachta. *"I have sealed it electronically so that we now hold a permanent trace on his phone movements."*

"I knew he'd call, I knew it!" arsa Johnson. *"And I knew it would be Ireland. You know, you just get a gut feeling about some of these things. Call it experience, call it having a nose for things that mere normal agents find too difficult, call it whatever you like to call it,"* ar sé, agus gan puinn náire air faoina leithéid a rá. Ní hé don chéad uair a bhreathnaíonn na gníomhairí ar a chéile agus go n-ardaíonn siad a súile i dtreo na síleála. Seans ar bith riamh ar chreidiúint duine éigin eile a thógáil agus déanann Johnson sin.

"So, what's our plan of action from here, sir?" arsa Duxbury.

"Plan of action?" arsa Johnson, agus gach cuma ar a éadan nach bhfuil smaoineamh ar domhan idir an dá chluas aige.

"Yes, sir! Where do we take it from here? Timing is crucial right now."

"Don't rush me, Duxbury. Don't rush me. I need a little time to think this one out," arsa an Seonstanach, agus bogann sé go cúinne na hoifige.

Breathnaíonn na gníomhairí ar a chéile ach ní deireann siad dada. Is léir dóibhsean gan smaoineamh, fiú, an rud is gá a dhéanamh. Ach ní theastaíonn uathu rud a mholadh ar eagla go ndéarfaidh Johnson go bhfuil siad ag dul roimhe.

"Okay, I got it!" arsa Johnson tar éis cúpla nóiméad, agus gluaiseann sé ar ais go lár na hoifige. *"Right, Duxbury, we're gonna need us a 36-seater airforce carrier."*

"A 36-seater, sir!" arsa Duxbury, agus é ag ceapadh go bhfuil sin ró-mhór ar fad don ghnó.

"Nope, Duxbury, you're right. Let's make that a 54-seater."

"A 54 –"

"Yep, a 54-seater," arsa Johnson, agus é ag gearradh trasna ar chaint Cranston Duxbury, *"and an 18-man SWAT team."*

"A Special Weapons and Tactics team, sir!" arsa Clutz.

"You got it, Clutz! Now, get on to it," arsa Johnson, agus é anois ag teacht sna sála ar an obair mhór atá déanta ag an bhfoireann gníomhairí. *"We're gonna take that Bin Ladin baby out crying."*

"But, sir, an 18-man SWAT team plus five of us only makes up twenty three. A 36-seater will be more than enough for that," arsa Roberta Schwartz, agus ise anois ag cur a ladar isteach sa scéal. *"If we request a 54-seater, it means there will be thirty one empty seats."*

"And that's precisely where you come into the story, Spicey," arsa Johnson, agus é ar a sheanléim phoimpéiseach arís. *"I want you to make sure that we've got every top tv and press reporter on that plane, hear me? I want the senior reporters from The Washington Post, The New York Times, The Boston Globe and The Los Angeles Herald on board."*

"Yes, sir," arsa Roberta Schwartz, agus é le sonrú ar a glór go bhfuil sí ag éirí rud beag imníoch faoin ngus atá á léiriú ag Johnson.

"And I want the senior political reporters and the anchormen from NBC News, CBS News, CNN and Fox News on board that plane, all headed for Dublin, Ireland."

Tá na gníomhairí ag breathnú ar a chéile agus cuma na himní ar a n-aghaidheanna. Ina dtuairimí siúd, b'fhearr i bhfad é tabhairt faoin ngnó seo ar bhealach níos ciúine ná mar atá á bheartú ag

Johnson. Aithníonn siad ar Johnson gur faoina [113]
thábhacht féin atá an iarracht seo anois. Ar a shon
féin a dhéanann an cat crónán, go deimhin!

"*And, Jennings,*" arsa Johnson, agus é ag leanacht
den mire, "*I want you to drop whatever you're at right
now and get my photograph and a copy of my service
record to the leading newspapers and tv stations in
every single one of the United States of America.*"

Tá amhras le sonrú ar éadan Jennings ar a
chloisteáil seo di. Breathnaíonn sí ar na gníomhairí
eile agus déanann siadsan a nguaillí a shearradh
agus a súile a chasadh i dtreo na síleála. Ansin,
casann sí chun dul i mbun na hoibre sin nuair a
chuireann Johnson isteach uirthi fós eile.

"*Oh, and Jennings, make sure it's that photograph
of myself and President Obama at his inauguration –
the one where he's whispering into my ear, right?*"

"*Right, sir,*" agus arís eile breathnaíonn
Jennings ar a comhghleacaithe.

Tá na poill ar fad sa réiteach seo á bhfeiceáil
ag na gníomhairí. Aithníonn siad gur chun é féin
a chur chun cinn atá an díograis seo faoi Johnson,
agus ní tada eile é. Níl aon smaoineamh réasúnaithe

[114] sna horduithe atá á gcaitheamh amach ag Johnson. Síleann Marty Clutz iarracht a dhéanamh ar rud beag céille a tharraingt isteach sa réiteach atá á mholadh ag Johnson.

"*Begging your pardon, sir, but we can't just land a US Airforce plane anywhere in Ireland without the permission of the Irish Government,*" arsa Clutz.

Breathnaíonn Johnson ar Clutz soicind. Is léir ar a éadan go bhfuil sé ar buile leis an ngníomhaire. Tá polláirí na sróine air ag at le teann feirge. "*You get this, Clutz,*" ar sé, "*we are the CIA. We are the intelligence arm of the government of the United States of America and we can do any goddam thing we want to do, anywhere, anyhow, anytime. Got it?*"

"*But, sir,*" arsa Duxbury, "*there –*"

"*We got rights of use of that there Shandon Airport in Ireland for shipping our troops to Iraq and Afghanistan, right?*" arsa Johnson, agus é ag gearradh isteach go haineolach ar chaint Duxbury.

"*That's 'Shannon', sir,*" arsa Duxbury.

"*Hell, that's what I said, Duxbury – 'Shandon', right?*"

Síleann Marty Clutz a ladar a chur isteach sa

scéal arís. *"Sir, I gather from news reports that some* [115] *of the Irish people aren't too happy about a civilian airport like Shannon being used by our troops."*

"I don't give a hot damn what they are or aren't happy about, Clutz," arsa Johnson, go grod aineolach. *"Now, you just get and book us in for a landing in that there Shandon Airport on Saturday morning at 08.00 Irish time, got it?"*

"But, sir," arsa Duxbury, *"I can tell you, from having lived in Ireland, that Shannon Airport is a long way from North Dublin. There is probably a better option."*

"Alrighty, alrighty, then," arsa Johnson go mífhoighneach. *"If there's a better option, I want you to find it, Clutz, and put things in place for an 08.00 Saturday morning landing. We're gonna close in on this sucker and get him for once and for all."*

Agus, leis sin, bailíonn Johnson roinnt cáipéisí den deasc agus gluaiseann leis go gusmhar doras na hoifige amach. Breathnaíonn Clutz ar Duxbury agus tá an frustrachas le feiceáil ar a n-éadain beirt.

"Don't worry about it, Marty," arsa Duxbury go tuisceanach. *"Look up the net for a military airport in the west of Dublin called Baldonnell. It's the Irish*

[116] *Airforce base. We used it once before during my time in Dublin. It's a safer bet and a helluva lot nearer our texter than Shannon."*

"Or 'Shandon'," arsa Jennings sa chúlra, agus tosaíonn an ceathrar ghníomhairí ag gáire in ard a ngutha.

8 TUV

9.45 a.m., maidin Dé Sathairn, agus tá Mam, Daid, Naoise agus Síne ag príomhgheata Ghairdíní na nAinmhithe, agus iad ceathrar ar bís faoina bhfuil rompu.

"Aha, ticéad clainne!" arsa an fear ag an bpríomhionad fáiltithe, agus stróiceann sé an stoca den ticéad agus síneann an leath eile ar ais chuig Daid. "Tá Plean na nGairdíní ar an gclár mór lárnach díreach trasna ó Shiopa an Zú, agus sin agaibh roinnt bileoga eolais," ar sé, agus síneann sé beart paimfléidí chuig Daid.

Cheana féin, áfach, tá Naoise imithe a fhad leis an gclár eolais a raibh fear an ionaid fháiltithe ag tagairt dó. D'ainneoin sceitimíní an deireadh seachtaine seo caite, is seachtain réasúnta ciúin atá curtha de ag Naoise. Seachas ar an Luan, nuair a chuir sé an glaoch úd ar Virgil, níor úsáid sé an fón póca chun téacs ná glaoch a chur. Ní hin amháin é ach níl oiread agus glaoch nó téacs amháin faighte aige ach an oiread. Ach, d'ainneoin sin, tá sé ag smaoineamh go mór ar Virgil ó shin. Maidin inniu féin, ar an mbealach chun an zú dóibh, chuir sé luach *Top-up* sa bhfón. Agus é ag breathnú go fánach ar an gclár eolais, 'sea cloiseann sé an chéad ghíog as an bhfón le cúig lá anuas: *Bí-bíp, Bí-bíp.*

Baineann sé an gléas as a phóca ar an bpointe agus brúnn an cnaipe chun léamh. An t-ainm 'Virgil' a fheiceann sé taobh leis an uimhir. Osclaíonn sé láithreach ach tá díomá air nuair a fheiceann sé gur scáileán bán atá os a chomhair. Agus, leis sin, tagann Daid, Mam agus Síne ina threo athuair.

"Ceart, más ea, a Naoise!" arsa Daid. "Fón isteach sa phóca agus ná bac leis beag ná mór ar feadh an lae. Ceart?"

"Ceart go leor, a Dhaid," arsa Naoise, agus sánn sé an gléas ar ais ina phóca.

"Ar aghaidh linn, más ea," arsa Daid, agus gluaiseann siad leo.

Aer-stráice Bhaile an Domhnallaigh, Iarthar Chontae Átha Cliath:

"Okay, sir," arsa Jennings, *"that blank text we've sent him has given us perfect co-ordinates on his current location."*

"Alrighty!" arsa Johnson, agus é ina shuí chun

[122] tosaigh sa trucail mhór armúrtha a tugadh go hÉirinn go speisialta i mbolg eitleán an aerfhórsa.
"Let's have 'em, Duxbury."

Tá Duxbury ina shuí ar shuíochán leathan taobh le Jennings, iad díreach taobh thiar de Johnson. Tá Clutz agus Schwartz ar an suíochán leathan céanna chomh maith. Breathnaíonn Duxbury go grinn ar leathanach 114 de 'Atlas Bhóithre Uile na hÉireann', atá spréite ar a dhá ghlúin aige. É ar oscailt ar an leathanach a thugann spléachadh dó ar thuaisceart Chathair Bhaile Átha Cliath. Ritheann sé corrmhéar na deasóige suas síos an leathanaigh agus, ag an am céanna, tá corrmhéar na ciotóige á hoibriú trasna an leathanaigh aige.

"Got it," arsa Duxbury, *"he's at co-ordinates North/South C, 2.5 by East/West 5.1."*

"North/South C, 2.5 by East/West 5.1," arsa Jennings díreach ina dhiaidh, agus í ag brú na gcnaipí ar an raonadóir beag leictreonach atá ina lámh aici. De chasadh boise, lasann solas beag glas ar an raonadóir céanna agus cloistear blíp bheag uaidh. *"We've got a positive on location, sir,"* arsa Jennings. *"It's the Dublin Zoological Gardens entry*

point on Zoo Road, just north of the River Liffey. Estimated Travel Time is 22 minutes."

Tá na bosa ardaithe ag an gceathrar ghníomhairí ar an dara suíochán den trucail armúrtha agus iad ag bualadh *'high-fiveanna'* ar a chéile.

"Alrighty, you guys, let's cool it," arsa Johnson sa suíochán tosaigh. *"Clutz, I want you to communicate that back to the SWAT Commander in the hold of the van."*

Ardaíonn Marty Clutz an siúlscéalaí láimhe: *"Calling Commander Rogers, calling Commander Rogers. Come in, Commander Rogers. Over!"* ar sé.

"Rogers here. Over!" arsa glór, de fhreagra. Tá Rogers agus na baill eile den fhoireann SWAT faoi chlúid sa leath deiridh den veain mhór armúrtha. Ocht nduine déag díobh atá ann, díreach mar a socraíodh siar i Washington an Luan roimhe sin. Tá gach aon duine díobh gléasta in éide dhúghorm, agus caipín speiceach ar gach aon duine díobh a bhfuil na litreacha S.W.A.T. fuaite orthu le snáth órga. Tá meaisín-ghunna ar ghualainn chlé an uile dhuine díobh agus timpeall ar a mbástaí tá criosanna tiubha leathair a bhfuil giuirléidí éagsúla

[124] ar crochadh orthu.

"Suspect located at Dublin City co-ordinates North/South C, 2.5 by East/West 5.1," arsa Clutz. *"That's Dublin Zoological Gardens entry point. Our ETT is approximately 22 minutes. Over!"*

"Gotcha. Over and out!" arsa Rogers, agus casann sé i dtreo a chuid fheara chun iad a chur ar an eolas faoina bhfuil rompu. *"Okay, you guys, lean in and listen up,"* arsa Rogers lena chuid. Agus cromann na Swatairí ar aghaidh chun éisteacht lena gceannaire.

Mórán ag an am céanna tá a chos curtha síos go láidir ag an tiománaí ar luasaire na trucaile. Chun tosaigh sa veain, tá Johnson ar nós páiste lena bhfuil de sceitimíní air. Is ar a shon féin amháin atá sé i gcónaí. Samhlaíonn sé Barack Obama ag teacht ar aghaidh chuige ar fhaiche an Tigh Bháin ag bronnadh Bhonn an Chroí Chorcra air as an ngaisce atá déanta aige. Ina intinnse, tá sé ar tí óráid a thabhairt tar éis dó glacadh leis an mbonn nuair a bhuaileann roth tosaigh na trucaile ciumhais den chasán agus roptar Johnson ar ais chun aithne.

"Goddam sidewalks!" arsa tiománaí na

trucaile, agus caitear gach aon duine ó thaobh go taobh sa veain armúrtha.

Taobh thiar den veain, tá lán-bhus de thuairisceoirí nuachtán agus teilifíse Mheiriceá sa tóir ar an trucail, agus iadsan á gcaitheamh ó thaobh go taobh chomh maith.

"Goddam sidewalks!" arsa tiománaí an bhus, agus, díreach mar a tharla i gcás na trucaile, roptar na tuairisceoirí as na suíocháin. Tá pinn agus pinn luaidhe agus leabhair nótaí agus micreafóin agus míle rud eile le feiceáil ag dul tríd an aer.

"Goddam sidewalks!" arsa na tuairisceoirí uile d'aon ghuth.

Ar ais sa trucail armúrtha, tá Johnson tagtha chuige féin tar éis an chroite agus tá sé ar a sheanléim arís le mórchúis agus le horduithe. Casann sé siar i dtreo na ngníomhairí athuair. *"Okay, Jennings,"* ar sé, *"what's our remaining ETT?"*

Caitheann Jennings sracfhéachaint leis an uaireadóir atá ar a rosta aici. *"Twenty one minutes 15 seconds, sir,"* ar sí.

"Alrighty! I want you to keep regular contact with Bin Ladin so that we can track his movements.

[126] *Intermittent calls every seven minutes, starting at fourteen minutes and fifteen seconds ETT. You got that?"*

"*Got it, sir,*" arsa Jennings. Breathnaíonn na gníomhairí ar a chéile agus, cé nach ndeireann siad an focal amháin féin, fiú, tá a fhios acu gurb é an smaoineamh céanna atá acu uile. Tuigeann siad go bhfuil Johnson ag déanamh an rud is gnách leis a dhéanamh: tá an obair mhór ar fad déanta acusan maidir le Osama Bin Ladin a aimsiú, agus seo Johnson ag iarraidh an aird agus an ghlóir ar fad a thógáil. Agus tá gach ní déanta aige le go bhfeicfear mar laoch é nuair is eol do na gníomhairí gur bobarún den chéad scoth é.

"*And, Clutz,*" arsa Johnson, "*I want you to make sure that those newspaper and tv people have every opportunity to get shots of me throughout this operation. Got it?*"

"*Yes, sir,*" arsa Marty, go géilliúil leadránta.

"*Now, you get on with that call at fourteen minutes and fifteen seconds ETT, Jennings,*" arsa an Seonstanach, agus druideann sé a chloigeann ar aghaidh i dtreo ghaothscáth na trucaile agus breathnaíonn amach go díograiseach, mórán mar a dhéanfadh páiste seacht nó ocht mbliana d'aois.

Tamall ina dhiaidh sin, sa Zú, tá Mam, Daid, Naoise agus Síne ag baint an-taitneamh go deo as iontais na háite. Tá siad tagtha a fhad le hIonad 8, áit a bhfuil goraille ollmhór as machairí na hAifrice Thiar le feiceáil. Tá siadsan ag breathnú isteach ar an ngoraille go fiosrach agus tá an goraille ag breathnú amach orthusan, agus é chomh fiosrach céanna. Agus maidir le súile an ghoraille – tá siad siar-siar i gcúl a chinn, iad dubh-donn, na himrisc orthu chomh glé géar biوránach le dhá shnáthaidín airgid. Is léir ar a aghaidh go bhfuil tuiscint agus cumas meabhrach ar leith aige. É ag cur an-suntais go deo i mbaill na clainne nuair a bhaintear siar as:

"Yes, we can. Yes, we can. Yes, we can," a chloistear gan choinne as áit éigin.

Preabann an goraille siar, de gheit, agus déanann Naoise an fón póca a bhaint as a phóca gan smaoineamh agus feiceann sé ainm Virgil taobh leis an uimhir.

"Ah-ah, Naoise!" arsa Daid, agus é ag cur i gcuimhne dó gurb é socrú an lae go bhfágfar an fón ina phóca.

"Ach, a Dhaid, is é Virgil atá ann, an bealach ar fad as Meiriceá," arsa Naoise, agus ardaíonn sé an fón os comhair shúile Dhaid le go bhfeice sé ainm Virgil san fhuinneoigín. "Le do thoil, a Dhaid?"

Breathnaíonn Daid go sciobtha ar Mham agus sméideann sise a ceann air.

"Maith go leor," arsa Daid, "an t-aon uair amháin, más ea, ach ar ais i do phóca leis ina dhiaidh sin agus ná bíodh sé le feiceáil arís i gcaitheamh an lae."

Ní fios, leis an luas lena bhfreagraíonn Naoise an fón, an dtagann meangadh na sástachta ar a bhéal roimh dó nó tar éis dó é a fhreagairt.

"Virgil, a bhuachaill!" ar sé. "Osama anseo."

Agus, leis sin, gearrtar an glaoch ag ceann eile na líne.

Sa trucail armúrtha di, tá méar Amanda Jennings fós ar chnaipe an fhóin tar éis di Naoise a ghearradh. Tá sí ag seiceáil scáileán an raonadóra leictreonaigh féachaint an bhfuil Osama fós sa Zú. *"Still in the Zoo, sir, and has moved only marginally since our last contact,"* arsa Jennings.

"Okay, you agents, I want this Bin Ladin guy big-time. And this is my gig, remember that. My

chance to go to the top, got it?" arsa Johnson. *"And,* [129]
remember, Clutz," ar sé, agus casann sé siar i dtreo
Mharty agus síneann méar bhagrach leis, *"I don't*
want any bungling in getting those newspaper and tv
people in there. Your job is to make sure that they are
so close to me that they are almost in my pocket. No
B-U-N-G-L-I-N-G on this one, got it?" agus litríonn sé
amach an focal *'bungling'* ar an mbealach sin is gráin
le Marty.

"Yes, sir, got it," arsa Marty.

"Remember, Jennings, next call at seven minutes
and fifteen seconds off ETT," arsa Johnson, agus é ag
éirí níos poimpéisí ar feadh an ama.

Sa Zú i gcónaí don chlann agus ní thugann
Naoise faoi deara nach go ró-mhaith atá an fón
curtha ar ais i bpóca a sheaicéid aige. Go deimhin,
nuair a fhágann siad an goraille in Ionad 8 ina
ndiaidh, ní thuigeann Naoise go bhfuil an fón tite as
a phóca agus go bhfuil sé fágtha ina dhiaidh ar an
talamh aige. Ní gá do Dhaid a bheith buartha faoina
thuilleadh glaochanna, ar aon chaoi. Faoin am a
bhuaileann an fón arís i gceann seacht nóiméad agus
cúig soicind déag, tá Naoise agus a chlann i bhfad

[130] uaidh agus iad ag breathnú le hiontas ar an tíogar as Amur na hÁise in Ionad 12. Seachas an goraille, atá ag breathnú amach ar an bhfón, áit a luíonn sé ar an gcasán, ní chloiseann éinne an '*Yes, we can. Yes, we can. Yes, we can.*' atá ag teacht as. Claonann an t-ainmhí ón Aifric a chloigeann agus é ag breathnú ar an bhfón agus déanann sé iontas den solas atá á lasadh agus á mhúchadh féin san fhuinneoigín.

"No answer this time, sir, but the location is reading exactly the same place as before," arsa Jennings.

"Yes, sir," arsa Duxbury, agus é ag teacht isteach sa chomhrá don chéad uair le tamall anuas, *"and we got a revised update on our ETT. We are ahead of schedule. Current reading puts us within five minutes and forty two seconds of arrival."*

Ar ais sa Zú, tá Eoin, coimeádaí na ngoraillí, tagtha a fhad le hIonad 8 chun na hainmhithe a bheathú. Tá sé ar tí dul isteach sa chró nuair a thugann sé faoi deara go bhfuil fón póca ag luí ar an talamh gar don bhealach isteach. Cromann sé, ardaíonn an gléas, ansin crochann sé leis é isteach sa chró agus rún aige é a fhágáil in Oifig na n-Earraí Caillte ar ball beag.

"Seo-seo, a Alfie," arsa Eoin leis an ngoraille, agus leagann sé uaidh an fón póca ar charraig atá siar ag cúl an chró. Tá cion ar leith ag Eoin ar Alfie mar go dtuigeann sé go bhfuil an t-ainmhí uafásach brónach ó tógadh a dheartháir Kesho go dtí Zú Londain le déanaí, agus ní fios do Alfie an bhfeicfidh sé riamh arís é. Ní hin amháin é ach diúltaíonn an dá ghoraille eile, Evindi agus Mayani, teacht amach as an bpluais ó d'fhág Kesho, tá an oiread sin uaignis orthu ina dhiaidh. Agus maidir le máthair na ngoraillí, Lena, tá sise croíbhriste amach 's amach i ndiaidh dá mac imeacht uaithi.

Ach feiceann Alfie an meall mór de thorthaí agus de dhuilleoga agus de phéaca bambú atá ag Eoin dó agus tagann sé chuige le fonn. Tá Eoin díreach ar tí an dara meall de phlandaí a chaitheamh le hAlfie nuair a bhristear ar chiúnas an zú ag rírá racánach áit éigin thart ar cheantar an phríomhgheata. Leis sin, cloistear bonnán an Zú á fhógairt agus tosaíonn gach aon duine ag breathnú thart, féachaint céard tá ag tarlú san áit. Tuigeann Eoin gur fógairt éigeandála é seo agus casann sé ar a shála, é beag beann ar bheathú Alfie nó ar an bhfón

[132] póca atá fágtha ar an gcarraig sa chró aige. Tá Alfie féin gan mhaith leis an ruaille buaille ina thimpeall agus ritheann seisean isteach sa phluaisín dorcha a cumadh do na goraillí chun ealú as an ngleo.

Agus glas díreach curtha ag Eoin ar chró na ngoraillí, feiceann sé na sluaite ag deifriú i dtreo an bhealaigh éalaithe. Ina measc sin, tá Naoise, Síne, Mam agus Daid. Agus, leis sin, isteach ina dtreo uile, tagann an trucail armúrtha, é tar éis réabadh tríd an gclaí iontrála agus é anois ag déanamh caol díreach i dtreo chró na ngoraillí. Agus, taobh thiar de sin arís, tá lán an bhus de nuachtóirí agus lucht teilifíse Mheiriceá. Seasann Naoise agus an chlann chun breathnú air seo uile. Seasann an uile dhuine siar chun breathnú. Cúlaíonn Eoin ón bhfeithicil mhór bhagrach agus scréachann an trucail chun stad i bhfoisceacht fiche ceintiméadar de shrón an fhir bhoicht.

Amach as an trucail le Johnson ar dtús, agus é ag béicíl ar nós hiéana. Amach leis an gceathrar ghníomhairí ina dhiaidh. Agus, ar a sála sin arís, amach le hochtar déag na foirne SWAT. Agus, mar bharr ar fad ar aiseag na bhfeithiclí, amach le lucht na meán agus a gcuid micreafóin agus leabhair nótaí ag crochadh astu. Síleann Naoise grianghraf a thógáil de seo uile le ceamara an fhóin phóca agus cuireann sé a lámh isteach i bpóca a sheaicéid len é a aimsiú. Ach, a Mhama! Ní hann don fhón ar chor ar bith. Cuardaíonn sé sa phóca eile ach ní hann dó ansin ach an oiread.

"Alrighty, Jennings, location N-O-W!" a scréachann Johnson, agus deifríonn Jennings chuige agus an raonadóir ina lámh aici. Tá solas glas an raonadóra ag soilsiú go mear preabarnach agus blípeanna á n-eisiúint as gan stad.

"How near, how near?" a bhéiceann Johnson go mífhoighneach leis an mbean óg.

"Within yards, sir," ar sí. *"In that direction,"* agus síneann Jennings méar i dtreo chró na ngoraillí agus í á rá sin.

Breathnaíonn Johnson sa treo inar shín sí méar agus feictear dó go bhfuil an cró folamh. Taobh thiar de Johnson, tá ochtar déag SWAT ar cipíní chun tabhairt faoin obair agus tá na nuachtóirí atá taobh thiar díobhsan arís chomh cíocrach céanna chun a ngnó a dhéanamh. Ansin,

[134] breathnaíonn Johnson ar Eoin bocht, a bhfuil cuma reoite air agus é ag breathnú air seo uile.

"You got keys for this here enclosure, buddy?" arsa Johnson leis go grod.

"Yes, sir, I do," arsa Eoin, ar bhealach réidh ciúin, agus é ag teacht chuige féin arís, *"but I am afraid that I have absolutely no intention of giving them to you unless you can produce some form of authorisation."*

Stánann Johnson go géar dian ar Eoin. Is beag taithí atá aige ar dhaoine a bheith ag seasamh suas dó mar atá déanta ag an gcoimeadaí óg seo. Tá cuairteoirí na háite bailithe isteach faoi seo agus iad ag cur an-spéis sa seasamh atá á dhéanamh ag Eoin in aghaidh bharbarthacht an tSeonstanaigh.

"Authorisation!" arsa Johnson, ar an mbealach poimpéiseach úd aige! *"We got Osama Bin Ladin holed up in there and you're looking for authorisation!"*

Freangann Eoin nuair a chloiseann sé an Seonstanach ag tabhairt le fios go bhfuil Osama Bin Ladin istigh sa chró. Freangann an slua nuair a chloiseann siad é chomh maith. Ansin tosaíonn siad uile ag gáire.

"Alrighty!" arsa Johnson, agus olc anois air. [135]
"You want authorisation! Alrighty, sonny, I'll give you authorisation: we're the goddam CIA. Now, how's that for authorisation, huh?"

Toisc bealach aineolach an tSeonstanaigh, is lú fonn anois ná riamh atá ar Eoin na heochracha a thabhairt dó. Ní hamháin nach maith le Johnson an mhoill atá ar Eoin á fhreagairt ach is mó nach maith leis nach bhfuil na heochracha á dtabhairt dó. Agus i rúndacht a gcroíthe, tá gliondar ar an gceathrar ghníomhairí go bhfuil dúshlán Johnson á thabhairt ag an ógfhear Éireannach.

"Keys, now, you moron!" arsa Johnson.

Agus cuireann an focal *moron* Eoin ó mhaoil go mullach maidir le géilleadh don tSeonstanach. Baineann sé fáinne mór na n-eochrach dá chrios agus crochann iad go dána os comhair shúile an tSeonstanaigh.

"Moron!" arsa Eoin, go réidh tomhaiste. *"Moron, is it!"* Agus leis sin, de ghluaiseacht ghrod amháin, caitheann Eoin na heochracha siar thar ghualainn os cionn an sconsa agus titeann siad de chling-cleaing ghliograch chun talún istigh

[136] i gceartlár an chró. Tá cathú ar na gníomhairí bualadh bos a thabhairt do Eoin ach coinníonn siad srian orthu féin ar sin a dhéanamh. Ach ní féidir le cuairteoirí ar an Zú an srian céanna a choinneáil orthu féin. Tosaíonn siadsan ag bualadh bos go hoscailte neamheaglach. Casann Johnson chun breathnú orthusan. Tá a éadan deargchorcra lena bhfuil d'fhearg air.

"*Right!*" ar sé. "*Duxbury, give me the sledgehammer from the armoured car.*"

"*Sir,*" arsa Duxbury, "*I don't think that's a very wise decision. Mayb–*"

"*Maybe-nothing, Duxbury! I do the decision making on this operation. Now, give me the goddam sledgehammer.*"

Gluaiseann Duxbury i dtreo na trucaile chun an t-ord a aimsiú dó. Tugann Naoise faoi deara go dtugann ceannasaí na bhfear seo 'Duxbury' ar dhuine díobh. Faoi dhó a cheapann sé an t-ainm a bheith cloiste aige, go deimhin. Seasann Naoise ar a bharraicíní agus feiceann sé an fear breá gorm atá ag déanamh i dtreo na trucaile. Aithníonn sé láithreach é: Cranston Duxbury! Cé eile ach é! Cranston

Duxbury, athair a dhlúthchara, Virgil.

"*And, Clutz,*" arsa Johnson, agus é ag tarraingt Naoise as an smaoineamh arís, "*I want you to get those press people right up here for this - photographers first. You make sure they get good shots of me breaking this here lock. And get those SWAT people in place right behind them so that they can rush straight in after me as soon as this lock is broken.*"

Ach an oiread leis na gníomhairí eile, tuigeann Clutz go bhfuil na mirlíní céille caillte ar fad ag Johnson agus beartaíonn sé géilleadh do ordú a bhoss gan aon chur ina choinne.

"*Yes, sir,*" arsa Clutz, agus treoraíonn sé na grianghrafadóirí agus na ceamaradóirí ar aghaidh ar dtús, ansin na hiriseoirí agus lucht teilifíse i gcoitinne.

Leis sin, filleann Duxbury ar an gcomhluadar agus síneann sé an t-ord mór trom chuig Johnson. Tá Johnson díreach ar tí an uirlis a ardú thar a ghualainn nuair a thagann Stiúrthóir an Zú ar an láthair agus ball den Gharda Síochána in éindí leis. Is aisteach é, ach síleann Naoise go n-aithníonn seisean an Stiúrthóir as áit éigin chomh maith, ach ní féidir leis a dhéanamh amach cén áit í féin.

"Gabh mo leithscéal, a dhuine," arsa an Stiúrthóir le Johnson, "ach céard sa diabhal atá ar siúl agat?"

Íslíonn Johnson an t-ord agus ligeann osna as. *"Okay, then,"* ar sé le Duxbury, *"so, who's this dude?"*

Tá an Stiúrthóir díreach chun é féin a chur in aithne nuair a dhruideann Eoin isteach chuige agus cuireann cogar ina chluas. "Deir mo dhuine gur den CIA é. Dar leis, tá Osama Bin Ladin i bhfolach áit éigin istigh i gcró na ngoraillí."

Ardaíonn Stiúrthóir an Zú mala na súile clé ar a chloisteáil seo dó agus casann i dtreo an gharda atá tagtha ar an láthair in éindí leis. "Is dócha gur chóir duit teagmháil a dhéanamh le lucht an Ospidéil Síciatraigh láithreach," ar sé de chogar leis an ngarda.

Sméideann an garda a cheann air agus imíonn leis chun sin a dhéanamh. Ansin, casann an Stiúrthóir ar ais i dtreo an tSeonstanaigh athuair. Tuigeann sé go bhfuil gá a bheith cúramach leis an bhfear seo. Ní beag é an t-ábhar imní dó é ach an oiread go bhfuil scata fear ar an láthair in éidí dúghorma a bhfuil meaisín-ghunnaí ar a nguaillí acu.

"Is mise Breandán Ó Murchú, a dhuine. Is mé Stiúrthóir an zú seo. *I am Breandán Ó Murchú, Director of this zoo. And you are?"*

A luaithe agus a chloiseann Naoise ainm an Stiúrthóra, cuimhníonn sé ar an áit a bhfaca sé cheana é. Ar ndóigh, 'Ó Murchú'! Fear céile Bhean Uí Mhurchú a bhí mar mhúinteoir aige féin agus Virgil i rang na naíonán sinsear. Bean Uí Mhurchú a mheasc cúrsaí CIA le cúrsaí CIÉ ina hintinn. A leithéid! Cé a chreidfeadh é! Agus cúrsaí CIA faoi chaibidil arís an babhta seo.

"Myles Johnson, sir. Head of Division 6 of the CIA, Washington D.C."

In intinn Bhreandáin Uí Mhurchú tá sé de rún aige a bheith réidh bog agus gan aon chúis aláraim a chur ar Johnson.

"Bhuel, a Myles, a chara, I think you may be over-reacting a little here. Firstly, let me assure you that Osama Bin Ladin is most certainly not in that enclosure. And sec–"

"The hell he ain't!" arsa an Seonstanach go grod borb, agus é ag gearradh isteach ar chaint an Stiúrthóra. *"We've got us the best technology in the*

world at work here and I can assure you, sir, that Osama Bin Ladin most certainly IS in that there enclosure."

"Seo-seo, a dhuine, Myles, a chara ... *my friend, I should caution you that it is extremely dangerous in there.*"

"*Dangerous, man! You bet your bibbyjimwhack it's dangerous in there. We here are talking the guy who was single-handedly responsible for 9/11. He's our Number One man, and I'm gonna be the guy who gets him.*"

"*Ach, ní hea ar chor ar bith, Myles. You don't understand –*"

"*Just zip it, pal,*" arsa Johnson, agus é gach pioc chomh grod giorraisc agus a bhí sé go dtí seo. "*I'm goin' in.*"

Agus, leis sin, ardaíonn an Seonstanach an t-ord den dara huair agus, an babhta seo, tagann sé anuas go trom láidir leis. Déanann ceann an oird smidiríní den ghlas agus den slabhra d'aon bhuille amháin, agus isteach le Johnson agus an fhoireann SWAT sna sála air. Tá Clutz ansin agus é ag sluaisteáil lucht na meán isteach ann chomh maith, idir lucht nuachtán agus lucht teilifíse.

"Seo-seo, a Eoin," arsa Mac Uí Mhurchú leis

an gcoimeádaí, "go beo leat chun na hoifige agus [141]
cuir glaoch láithreach ar Airm na hÉireann agus ar
phríomháras An Garda Síochána. Ansin, ar ais leat
anseo chun cuidiú liomsa an pobal a choinneáil siar."

Faoi seo, tá rúid fhíochmhar déanta ag Johnson
isteach sa chró, agus an ceathrar ghníomhairí ina
dhiaidh … agus an fhoireann SWAT ina ndiaidh
sin arís … agus na nuachtóirí agus lucht teilifíse
ina ndiaidh sin arís eile … agus cuid den phobal ina
ndiaidh sin arís eile fós … agus (ah, bhuel, tá fhios
agat féin – tá an *bloomin'* áit plódaithe).

Stopann Johnson go tobann agus é ag teacht i
ngar don bpluaisín a ndeachaigh Alfie isteach ann ar
ball beag. Stopann gach aon duine ina dhiaidh.

"Alrighty," a fhógraíonn Johnson, *"he's gone
into hiding. Yep, he's holed up in the cave, just like
Intelligence has told us he most often does."*

Tá Naoise ag breathnú ar a Dhaid agus a
Mham agus níl a fhios acu gáire a dhéanamh faoi
Johnson nó trua a bheith acu dó. Go deimhin, is
amhlaidh atá an cás ag gach aon bhall den bpobal
atá tar éis an Seonstanach a leanacht isteach sa chró.

"Jennings," a scréachann Johnson de ghlam

[142]   mire, *"get here on the double with that goddam sensor."*

Tagann Jennings ar aghaidh agus, de réir mar a shiúlann sí i dtreo an tSeonstanaigh, tosaíonn an raonadóir ag dul ar mire ar fad. Tá an soilsín glas air ag preabarnach ar luas tintrí agus tá sé ag blípeáil chomh tapa agus chomh hard sin go dtosaíonn baill an phobail ag cúlú siar roinnt ar eagla go bpléascfaidh an gléas i lámh na mná.

"He's here, he's here. We got the sucker," arsa Johnson in ard a ghutha, agus é ag cur thar maoil le teann ríméid. *"We've got the son of a Godforsaken mother! You get those photographers ready, Clutz, hear me?"*

Gluaiseann Clutz siar trí bhaill na foirne SWAT agus tosaíonn sé ar na ceamaradóirí a thabhairt ar aghaidh. Idir an dá linn, tá raonadóir Jennings ag imeacht thar cuimse lena bhfuil de bhlípeáil agus de phreabarnach á dhéanamh aige. Tá sí ag druidim i dtreo na carraige agus Johnson díreach taobh thiar di anois. Agus, leis sin, feiceann Johnson an fón póca. Láithreach bonn, léimeann sé chun tosaigh ar Amanda Jennings agus beireann sé greim ar an bhfón.

"Yes, yes, yes! I got him, I got him!" ar sé go buacach caithréimeach. *"I-I-I-I got him!"* ar sé, agus ardaíonn sé an fón san aer le go bhfeicfear é.

Tá na grianghrafadóirí agus ceamaradóirí uile sluaisteáilte isteach ag Clutz, agus cheana féin tá na ceamaraí teilifíse á rith agus grianghrafadóirí na nuachtán ag snapáil leo.

Tá lámh Duxbury lena bhéal agus é ag breathnú ar an sorcas seo uile. Tá sé ar a dhícheall an gáire a choinneáil istigh agus é ag breathnú ar an liúdramán de bhoss atá aige. Claonann sé a cheann le Roberta Schwartz atá taobh leis agus cuireann cogar ina cluas. *"What he's GOT, Roberta, is a goddam cellphone, and nothing else,"* ar sé. *"But then, remember, this is HIS gig!"*

Ag an nóiméad sin, tagann an tuiscint chéanna chuig na grianghrafadóirí agus na ceamaradóirí. Céard sa diabhal atá acu ach íomhá de dhuine ag ardú fóin san aer? Íslíonn siad a n-uirlisí agus tuigeann siad nach aon scéal mór é sin ann féin.

Ach ní dúramán amach 's amach é Johnson. Nuair a fheiceann seisean an laghdú spéise i measc lucht na meán, tuigeann sé láithreach é agus fógraíonn sé an tseoid-smaoineamh.

"*Inside in the cave! He's inside, you idiots,*" ar sé, agus casann sé agus síneann méar i dtreo na pluaise. "*Commander Rogers,*" ar sé, "*go, man! Go do your business for the freedom of the world and the honour of the United States of America.*"

Luascann na ceamaradóirí agus grianghrafadóirí timpeall díreach in am chun breith ar Rogers agus a chuid Swatairí ag déanamh a n-ionsaí isteach sa bpluais. Tá teipthe ar Stiúrthóir an Zú baill an phobail a choinneáil siar leis féin agus níl tásc ná tuairisc ar Arm na hÉireann ná ar an nGarda Síochána fós. Ag an bpointe seo, tá an chuid is mó den phobal druidte isteach níos cóngaraí don aicsean lena bhfuil de spéis acu ann. Cé go bhfuil Mam agus Síne bheag cúlaithe ón aicsean ar fad anois, tá Naoise suas chun tosaigh sa slua agus greim maith ag a Dhaid ar an dá ghualainn air. Tá ciúnas iomlán ann ar feadh roinnt soicindí. Daoine ag faire, ag féachaint, grianghrafadóirí réidh chun cliceáil, ceamaradóirí teilifíse agus a súile fáiscthe le grinn-ghloiní na gceamaraí acu nuair a chloistear é …

"Aúúúúúúúú! Aúúúúúúúú! Aúúúúúúúúúúúúúúúú!"

É mór fada bagrach mar ghlam, agus tá idir fhaitíos agus alltacht ar an bpobal lasmuigh sa chró. Tá siad ag casadh chun imeacht leo go beo as an gcró nuair a ritheann na Swatairí ar nós an diabhail as an bpluais. Agus cuireann sin na cosa faoin slua … agus leanann na Swatairí iad … agus leanann na grianghrafadóirí agus ceamaradóirí agus lucht na meán uile iadsan … agus leanann an ceathrar ghníomhairí iadsan fós … agus … agus …

… Agus fanta ina staic, é ina sheasamh ag an gcarraig i gcónaí, agus an fón póca ina lámh aige, tá Johnson. É go hiomlán ina aonar, é critheaglach, é croite, é ag fanacht … agus ag fanacht … agus ag fanacht … agus … "Aúúúúúúúúúúúúúúúúúúúúúúúúúúúú!" Agus amach le hAlfie go preabarnach pocléimneach prompach, agus déanann sé cúrsa den chró lena chur in iúl don uile dhuine gur leis an áit.

"Úúúúúúúú!" arsa an slua, agus iad ag déanamh iontais den ainmhí iontach, agus iad anois go sábháilte lasmuigh den chró.

"Uu!" arsa Johnson, agus é ag iarraidh a bhealach a dhéanamh isteach taobh thiar den charraig mhór le nach bhfeicfear é. Ach cloistear é.

[146] Agus is é Alfie a chloiseann é. Casann an goraille groíúil a chloigeann agus aimsíonn a shúil an Seonstanach.

"Aúúúúúúúúúúúúúú!" arsa Alfie athuair, agus ní túisce as a bhéal é an glam nó go bhfaigheann sé freagra, agus an dara freagra agus, go deimhin, an tríú freagra ar an nglam.

"Aúúúúúúúúúúúúúú!" arsa Evindi, nár fhág an phluais ó d'imigh a deartháir Kesho go Londain tamall roimhe sin.

"Aúúúúúúúúúúúúúú!" arsa Mayani, atá istigh sa phluais in éindí le Evindi.

Agus "Aúúúúúúúúúúúúúú!" arsa an mháthair-ghoraille, Lena. Agus amach leis an triúr acu sa chró, agus déanann siadsan cúrsa de, díreach mar a rinne Alfie ar ball beag.

"Úúúúúúúúúúúúúúúúúúúúúúúúúúúúúú!" arsa an slua, agus iad faoi dhraíocht ar fad leis an gcasadh seo sa scéal.

"U-u!" arsa Johnson bocht, agus a fhios aige go bhfuil sé sa bhfaoipeach i gceart anois.

Cruinníonn na goraillí i lár an chró agus breathnaíonn siad uathu ar an bhfeic truamhéalach atá os a gcomhar. Tá Johnson anois taobh thiar

den charraig agus gan le feiceáil ach a chloigeann
faiteach fiabhrasach ag breathnú amach ag taobh
na carraige. Claonann na goraillí a gcloigne agus
iad ag breathnú ar an ainniseoir, ansin déanann
siad mar a bheadh mion-chomhrá eatarthu féin.
Tá an slua ar an taobh sábháilte den chró agus iad
ag faire isteach le spéis. Tá an Ceannaire Rogers
agus an fhoireann SWAT ina measc agus a ngunnaí
ardaithe prímeáilte agus dírithe ar na goraillí acu.
Agus tá Eoin, coimeádaí na ngoraillí, ar an láthair
arís. Deimhníonn sé don slua, ón aithne atá aige ar
na goraillí, gur léir dó nach spéis leo dochar ar bith a
dhéanamh do Johnson. Agus is léir do chách cheana
féin gur fiosracht seachas olc atá ar na goraillí agus
nach baol do Johnson ar chor ar bith.

Ach ní thuigeann Johnson sin. Tá aghaidheanna
Duxbury agus Jennings, Clutz agus Schwartz fáiscthe
le sconsa an chró agus meangadh mór leathan ar
bhéal gach aon duine den cheathrar. Tá ceamaraí
ghrianghrafadóirí an phreasa ag cliceáil leo gan stad
agus tá lucht teilifíse i mbun scannánaíochta chomh
maith. Agus anois, tá a gcuid gunnaí íslithe ag na
Swatairí agus is mó a spéis sa rud atá ag dul ag tarlú

ná i ngortú na ngoraillí. Cromann Daid a chloigeann le cluas Naoise.

"Glac grianghraf de seo leis an gceamara ar an bhfón póca," ar sé lena mhaicín. Ach aithníonn sé meascán den imní agus den amhras ar aghaidh Naoise láithreach. "Ar aghaidh leat, a Naoise, sula mbíonn an deis caillte ort."

Beartaíonn Naoise an drochscéala faoin bhfón a insint do Dhaid. "A Dhaid," ar sé, ná bí ar buile liom nuair a insím seo duit, ach is dóigh liom go bhfuil an fón caillte agam."

"Caillte, a Naoise! Cén chaoi caillte? Nach raibh sé anseo agat ar ball beag agus tú ag freagairt ghlaoch Virgil?"

"Bhuel, bhí, a Dhaid, ach is dóigh liom go mb'fhéidir gur thit sé as mo phóca agus sinn ag siúl ó áit go háit," arsa an leaid óg, agus imní air faoina déarfaidh Daid faoi sin. Ach, ina chroí istigh, tá Daid chomh sásta céanna an fón a bheith caillte ná a mhalairt. Ní ró-luí atá aige féin nó ag Mam leis na fóin phóca chéanna agus síleann sé nach é deireadh an tsaoil é é a bheith imithe.

"Agus bhí mé díreach tar éis iomlán an deich

euro d'airgead póca a chur isteach ann ar maidin," arsa Naoise.

"Óra, cén dochar, a mhac! Cén dochar!" ar sé, agus is faoiseamh do Naoise é na focail sin a chloisteáil uaidh. "Luafaimid le lucht Oifig na nEarraí Caillte é ar an mbealach amach dúinn agus, má thagann siad air tagann, agus mura dtagann, bhuel, cén dochar!" arsa Daid.

Ach búiríl as an nua ag na goraillí a chuireann stop leis an gcomhrá. Tá aird Dhaid agus Naoise agus aird an tslua ar fad dírithe ar a bhfuil ag tarlú sa chró anois. Ardaíonn na Swatairí na gunnaí soicind nó dhó, ach íslíonn siad arís iad nuair a dheimhníonn Eoin dóibh nach gá sin.

Druideann na hainmhithe go réidh séimh i dtreo na carraige. Cé nach eol d'aon duine é ach iad, is é a shíleann na goraillí gurb é atá i Johnson ná ionadaí ar Kesho, an ball clainne a tógadh uathu tamall roimhe sin. Is fíor, ceart go leor, go bhfuil sé i bhfad níos lú ná Kesho, agus nach bhfuil sé baileach chomh gruaigeach leis, ach fásfaidh sé in imeacht ama, síleann siad. Tagann Evindi go taobh amháin den charraig agus Mayani go dtí an taobh eile.

[150] Téann Alfie isteach taobh thiar den charraig agus léimeann Lena in airde ar an gcarraig féin. Agus sin iad, iad ceathrar anois ag breathnú ar an mball nua clainne seo atá cúbtha síos go critheaglach taobh thiar den chloch mhór. Tá Johnson ag geonaíl lena bhfuil d'fhaitíos air agus eisean ag ceapadh go bhfuil a chláirín déanta. Ach a mhalairt ar fad atá ar a n-intinní ag na goraillí. Síneann Lena a dá lámh mhóra fhada síos chuig Johnson, beireann greim ar an dá bhícéips air agus ardaíonn suas ar bharr na carraige lena taobh é. Ansin, preabann Evindi agus Mayani aníos ar bharr na carraige agus suíonn in aice leis an mbeirt, duine ar chaon taobh. Agus, mar bharr ar fad air, tagann Alfie ar aghaidh agus suíonn os comhair na carraige.

Tá na grianghrafadóirí ag grianghrafú, tá na scannánadóirí ag scannánú, tá na Swatairí ag Swaitairiú … ach má tá féin, tá faitíos an domhain mhóir ar Johnson. Chun cur leis an donas anois, síneann Lena a deasóg timpeall ar cheannasaí an CIA, bailíonn isteach ina baclainn é agus plabann anuas chun suí ar a dá ghlúin é, díreach mar a bheadh mamaí agus leanbh ann. Agus cuimlíonn

Lena gruaig chatach Johnson agus tugann póigín dó
ar bharr na baithise.

"Is maith leo é, is maith leo é," arsa Eoin,
agus é ag cur an uile dhuine ar a suaimhneas faoi
shábháilteacht Johnson. Ansin, mar mhíniú do na
Meiriceánaigh nach bhfuil Gaeilge acu, ar sé: *"They
like him, they like him. There's absolutely no danger.
Only thing is, they seem to think he's come to stay."*

"Come to stay!" arsa Duxbury. *"What do you
mean 'come to stay'?"*

Breathnaíonn Eoin ar Duxbury agus leathann
meangadh gáire ar a bhéal. Cuimhníonn sé ar a
ghiorraisc aineolach a bhí Johnson leis ar ball beag.
"Well," ar sé, *"it could be months, maybe years before
they'd like to see him go from them. They kinda get
attached to things in their own strange way."*

Agus, leis sin, leathann meangadh leathan ar
bhéal Duxbury, ansin briseann sé amach ina gháire
oscailte air. Briseann na gníomhairí eile amach ag
gáire ansin agus, taobh istigh de chúpla soicind, tá
an slua ar fad sna trithí gáire.

Is anois a fheiceann Clutz a dheis thar mar
a chonaic sé riamh é. Cuimhníonn sé féin anois ar

[152] a bhoirbe is a bhí Johnson leis an chéad lá riamh. Cuimhníonn sé ar a mhinice is a rinne sé beag is fiú de agus dá chuid iarrachtaí uile. Cuimhníonn sé, ach go háirithe, ar an ordú a thug Johnson dó maidin inniu féin a dhéanamh cinnte de go nglacfaí grianghrafanna de agus é i mbun oibre. *"Alrighty, you photographers and tv camera people, get in on this,"* ar sé. *"This one's for tomorrow morning's front pages and your tv news bulletins nationwide."*

Leis sin, casann Clutz i dtreo Johnson agus béiceann air chomh hard in Éirinn agus is féidir leis é: *"Okay, sir, this is for America. Now S-M-I-L-E,"* ar sé, agus litríonn sé amach an focal litir ar litir.

#@<+>&?^... Oifig an Ard-Stiúrthóra, Ceanncheathrú an CIA, An Peinteagán, Washington D.C., 8.17 a.m., am Mheiriceá:*

Tá drochaoibh ar fad ar Randall Stillwater an mhaidin Domhnaigh seo. É féin agus a bhean, Marlese, leathbhealach go Colorado Springs ar shaoire choicíse tráthnóna an tSathairn nuair a tháinig an scéala chuige. Glaoch ar an bhfón póca ó dhuine de na gníomhairí sa cheanncheathrú

thoir i Washington D.C. a chuir ar an eolas é. Agus [153]
d'fhreagair sé an fón. Marlese de shíor á rá leis gur
crá croí iad na fóin phóca chéanna agus gur chóir
daoine a shrianú maidir lena n-úsáid. *"One call a
day and two texts should be enough for anyone,"* an
port a bhíonn aici leis de shíor. *"And they should
never be allowed on vacation,"* a chuireann sí lena
gearán i gcónaí.

Stillwater ina shuí ag a dheasc agus é ar
buile leis féin nár éist sé lena bhean an chéad lá
riamh. Spréite os a chomhair ar bharr na deisce
tá cóipeanna den *Washington Post, The New York
Times, The Boston Globe* agus *The Los Angeles
Herald*, agus an grianghraf ceannann céanna ar
leathanach tosaigh an uile cheann díobh. Ardaíonn
sé an chóip den *Washington Post* agus breathnaíonn
ar an gceannlíne. É i mbloclitreacha troma dubha ar
eagla nach bhfeicfidh an domhan agus a mháthair
sách maith é:

'*CIA AGENT GOES BANANAS*'

"Johnson again! What a waste of space!" arsa
Stillwater, agus é ag breathnú ar an ngrianghraf.
Ansin, ligeann sé don nuachtán titim ar an deasc arís.

Ina suí chun dinnéir dóibh i mBaile Átha Cliath ar a 1.17 p.m. go baileach, titeann páipéar nuachta Dhaid den bhord. Príomhscéal an Domhnaigh is ea eachtra an lae inné i nGairdíní na nAinmhithe. An grianghraf céanna ar an leathanach tosaigh anseo in Éirinn is atá ar pháipéir Mheiriceá uile. Iad fós ag caint air mar eachtra.

"Fiú má chaill tú an fón póca, a Naoise, bhí eachtraíocht sa lá nach bhfaighfeá áit ar bith riamh," arsa Daid.

"D'fhéadfá a rá, a Dhaid," arsa Naoise, agus é ag gáire.

" Sea, ach 'sé an trua go raibh ar an tUasal Duxbury filleadh ar Mheiriceá láithreach agus nach bhféadfadh sé dinnéar a ghlacadh linn inniu," arsa Mam, "ach, ar a laghad, a Naoise, fuair tú deis cainte leis. Nár dheas sin ann féin?"

"Ba dheas, a Mham."

"Ba dheas, go deimhin," arsa Daid, "ach b'fhéidir gur deise fós é seo," agus cromann sé isteach faoin mbord agus ardaíonn beart cearnógach den urlár. Ní fios do Naoise é ach, nuair a d'imigh Daid amach ar maidin chun an nuachtán a

fháil, chuaigh sé chomh fada leis An Chearnóg
i dTamhlacht chun rud eile a cheannach. Athrú
meoin faoi rud beag a tháinig ar Dhaid thar oíche.
"Anois, a Naoise, bí níos cúramaí leis an gceann seo
an babhta seo," ar sé, agus síneann sé an beart chuig
Naoise.

Tógann Naoise uaidh é agus stróiceann an
páipéar den bheart. Tá a fhios aige gur fón nua é, fiú
sula n-osclaíonn sé an bosca.

"Ach," arsa Daid , "na rialacha ceannann
céanna ag baint leis an gceann seo agus a bhain leis
an gceann a chaill tú – ceart?"

"Ceart go leor, a Dhaid," arsa Naoise. "Glaoch
amháin in aghaidh an lae agus dhá théacs in aghaidh
an lae."

"Díreach é, a bhuachaill. Agus, mar a rinne
mé cheana, tá m'uimhir féin, uimhir Mham, uimhir
Dhaidseo agus uimhir Virgil curtha isteach ann
agam," arsa Daid. "Agus, mar sméar mhullaigh air sin
ar fad, tagann an fón nua le fiche euro creidmheas
saor air."

"Ó, go hionnnnnnnnnnnnntach, a Dhaid," arsa
Naoise, agus ríméad an domhain mhóir air. "Mar

[156] sin, an féidir liom glaoch a chur inniu?"

"Aon ghlaoch amháin, mar a shocraigh muid," arsa Daid.

"Cé air a ghlaofaidh tú, más ea, a chroí?" arsa Mam.

Déanann Naoise dianmhachnamh ar feadh roinnt soicindí. "Ar Virgil, ar ndóigh, a Mham," ar sé ...

... Ó, a Mhama!